dtv

Margit Walsø

Geliebter Voltaire

Roman

Aus dem Norwegischen
von Åse Birkenheier

Deutscher Taschenbuch Verlag

Der Verlag dankt NORLA für die freundliche
Unterstützung der vorliegenden Übersetzung

Deutsche Erstausgabe
September 2009
Deutscher Taschenbuch Verlag GmbH & Co. KG,
München
www.dtv.de

Titel der norwegischen Originalausgabe:
›Kjære Voltaire‹

Umschlagkonzept: Balk & Brumshagen
Umschlagbild: ›Marquise de Châtelet‹
von Quentin de La Tour
(akg-images)
Satz: Greiner & Reichel, Köln
Gesetzt aus der Caslon 9,95/12,5˙
Druck und Bindung: Druckerei C.H. Beck, Nördlingen
Gedruckt auf säurefreiem, chlorfrei gebleichtem Papier
Printed in Germany · ISBN 978-3-423-21159-8

Für meinen Bruder Lars

Voltaire musste es als Erster erfahren.

Die Tage im frühen Neujahr waren ungewöhnlich mild gewesen, doch jetzt war das flache Land langsam zugefroren. Es war Nachmittag. Die Schatten zerschnitten die Landschaft, verliehen ihr eine klare und gleichzeitig unwirkliche Note.

Sie setzte sich an den Schreibtisch, legte ihre Arme über die Papiere. Es war Ende Januar. Ein Anfall von Schüttelfrost pflanzte sich durch ihren Körper hindurch, bis in die zitternden Fingerspitzen hinein. Sie hatte am Fenster gestanden, als ihr plötzlich schwindelig wurde. Jetzt trat ihr Schweiß auf die Stirn, und sie fror, obwohl hinter ihr das offene Feuer knisterte. Sie hatte lange nichts zu sich genommen, der bloße Gedanke an Essen bereitete ihr Übelkeit.

Sie ordnete den Papierstoß vor sich, nahm den Federhalter neben dem Tintenfass zur Hand und begann, im Manuskript zu blättern; die dünnen weißen Bögen waren von kleinen schwarzen Zeichen übersät. Es war nicht mehr hell genug, um zu arbeiten, sie musste bis zum Morgen warten.

Unbewegt starrte sie auf das Papier. Schweißtropfen fielen auf ihre Hände, sie wischte sie mit dem Ärmel ihres Kleides fort. Im Schloss war niemand mehr außer ihr.

Ihr blieben noch ein Winter, ein Frühjahr und ein Sommer. Sie war zweiundvierzig Jahre alt, hatte drei Kinder zur Welt gebracht und wusste, was sie erwartete.

Cirey, im Januar 1749. Sie tauchte die Feder in die Tinte. Voltaire war in Paris, weit weg von ihr, aber er musste es als Erster erfahren.

Voltaire

Das Korsett war eng; bevor es hinten zusammengeschnürt wurde, ließ es den Rücken nahezu frei. Es war schwer, sich vorzustellen, dass die beiden Stoffstücke Kante an Kante exakt aneinanderstoßen würden – eine schnurgerade Linie entlang ihrer Wirbelsäule. Die Löcher, durch die die Schnur gezogen wurde, waren mit Metallringen verstärkt, damit der Stoff die unsanfte Behandlung überstand.

»Nicht so ungeduldig. Es hat doch keinen Zweck, mich so schnell zu schnüren, ich bekomme ja keine Luft mehr!«

Émilie ärgerte sich über das Mädchen, das ihr beim Ankleiden half. Sie war in allem, was sie tat, so ungestüm, so rücksichtslos. Sie hatte es wirklich nicht eilig, hatte ausnahmsweise rechtzeitig mit dem Ankleiden begonnen, ein recht umfangreiches Programm, wenn sie gepflegt aussehen wollte, und das wollte sie. Heute Abend war es ihr besonders wichtig. Wenn sie sonst verabredet war, musste sie sich oft beeilen, weil sie zu lange gelesen und dabei die Zeit vergessen hatte.

Heutzutage versammelte man sich in den Salons, um über Mathematik und Physik zu diskutieren. 1733 schien für die Wissenschaft ein gutes Jahr zu werden. Sie selbst verbrachte immer mehr Zeit damit, wissenschaftliche Texte zu lesen. Sie studierte jedoch nicht Mathematik, um in den Salons unter funkelnden Kronleuchtern darüber zu diskutieren – sie tat es aus einem starken inneren Drang heraus, dem Drang, *wissen zu wollen*. Stundenlang schloss sie sich in ihrem Zimmer ein. Zwar hatte sie immer viel gelesen; Sprachen, religiöse Schriften, Philosophie. Doch jetzt beschäftigte sie sich meistens mit den Naturwissenschaften. Ihrer Meinung nach war es weitaus schwieriger, die Liebe zu begreifen, als naturwissenschaftliche Phänomene zu verstehen.

Es gab allerdings auch andere Gründe dafür, dass sie sich seit einiger Zeit nicht in der Öffentlichkeit gezeigt hatte. Sie hatte abwarten wollen, bis sich das Gerede wieder gelegt hatte. Im Nachhinein erkannte sie, wie töricht sie sich benommen hatte, und wenn es in dieser Stadt etwas gab, was den Leuten missfiel, dann waren es eben Menschen, die sich wider besseres Wissen von ihren Gefühlen mitreißen ließen. Eine Liebschaft, ein Seitensprung, eine Affäre – alles nichts Schlimmes, im Gegenteil, nur durfte man sich nicht vor aller Welt beklagen, wenn der andere einen Schlussstrich ziehen wollte. Émilie war alles andere als taktvoll gewesen. Auf geradezu jämmerliche Art und Weise hatte sie versucht, mit aller Macht an Guébriand festzuhalten, hatte sich geweigert, die Anzeichen dafür, dass er nicht mehr wollte, richtig zu deuten. Jetzt bereute sie es, ihm eine derartige Szene gemacht zu haben, nur weil sie ihn zum Bleiben hatte zwingen wollen. Sie hatte damit gedroht, sich das Leben zu nehmen, wenn er sie verlassen würde. Jetzt schämte sie sich dafür.

Das Dienstmädchen war für einen Moment aus dem Raum gegangen, und Émilie saß allein vor dem ovalen Spiegel. Sie sah darin eine Frau, nicht hübsch, nicht hässlich, grüne Augen, eine Nase, die ein wenig zu groß für die schmale untere Gesichtspartie war, ein bescheidenes Kinn. Sie beugte sich nach vorn. Mit dem Gesicht dicht am Spiegel studierte sie die Iris um die Pupillen herum, die Landschaft da drinnen, die ihr zum Sehen verhalf, den grünen Kreis, der zu ihren innersten Gedanken führte. Zu ihrem Reichtum. Lächelnd betrachtete sie ihr Spiegelbild.

Sie hatte noch einiges zu lernen. Ihre Kindheit war geprägt von Sorglosigkeit und Geborgenheit, und je älter sie wurde, umso deutlicher hatte sie gesehen, dass sie als Kind ein höchst ungewöhnliches Leben geführt hatte. Ihr geliebter Vater hatte nie versucht, ihr Temperament zu zügeln, sondern hatte es als ein Zeichen ihres klugen Kopfes gedeutet. Er hatte sie selbst unterrichtet, bei ihm hatte sie Lesen, Schreiben und Rechnen gelernt. Sie besaß eine schnelle Auffassungsgabe, und der Vater ließ sie nicht nur gewähren, sondern unterstützte sie sogar darin, noch viel mehr zu lernen. Andere, kindliche, Interessen waren ihr fremd, und so war sie aus ihrer kindlichen Studienzeit direkt in den Hafen der Ehe gesteuert.

Nach einigen Jahren in Semur-en-Auxois hatte ihr Mann eingewilligt, zurück in die Stadt zu ziehen. Das kalte, massive Familienschloss war kein Ort für sie gewesen. Sie wollte in der Stadt leben, wo alles pulsierte, sich veränderte. Rasch hatte sie Freunde gefunden, die sich ihrer annahmen, die sie einluden und ihr zeigten, wie das Pariser Leben gelebt werden musste. Das langweilige Dasein in der Provinz war endlich vorbei. Es war leicht gewesen, Florent zu überreden: Da er selbst Offizier war und oft für längere Zeit ohne Unterbrechung in der Garnison oder im Feldlager bleiben musste, wären sie und ihre Kinder in der Stadt besser aufgehoben.

Sie blieb vor dem Spiegel sitzen, das Mieder bereits zur Hälfte geschnürt. Wenn man es langsam machte, lief es beinahe von selbst.

Den ganzen Tag war sie im Haus geblieben, hatte niemanden empfangen. Das Studium der Mathematik nahm viel Zeit in Anspruch. Sie tat es längst nicht mehr zu ihrem eigenen Vergnügen; es war eine Passion geworden, nicht unähnlich dem, was sie für Liebe hielt. Diese Leidenschaft in ihr war beinahe stärker noch als die Liebe, die sie bisher erfahren hatte. Vielleicht entsprach das nicht ganz der Wahrheit, doch war es in jedem Fall eine Liebe, die erwidert wurde. Wenn sie vor ihren Büchern saß, hatte sie das Gefühl, weit mehr zurückzubekommen als das, was sie leistete. Nicht viele konnten das verstehen.

Es war ihr peinlich, an Guébriand zu denken, sie hatte sich gründlich blamiert. Plötzlich graute ihr vor dem grellen Licht in der Oper.

Mit einem letzten Ruck und einiger Kraftanstrengung schloss das Mädchen das Korsett. Émilie war jetzt bereit, das Kleid anzuziehen, und voilà – dort stand sie, in flaschengrüne Seide gegossen. Über dem Rock saß das bestickte Mieder, eng und elegant, eine feste und zuverlässige Form. Sie glättete den weiten Rock und registrierte mit Wohlgefallen den bewundernden Blick des Dienstmädchens.

Émilie verzichtete auf die Perücke; ihr eigenes langes, volles Haar sah viel schöner aus. Das Mädchen half ihr dabei, es hochzustecken, das Schminken besorgte sie selbst. Zuerst trug sie Puder auf und wirbelte dabei ein weißes Wölkchen auf.

Noch war sie vom Alter nicht gezeichnet, im September würde sie siebenundzwanzig werden. Ein Hauch von Rot akzentuierte ihre Wangen. Mit dem schwarzen Stift betonte sie die Augen, denn sie wollte unter den vielen anderen in der Oper hervorstechen.

Von draußen waren Hufschläge zu vernehmen, die Pferde standen schon bereit. Émilie steckte die wenigen Dinge, die sie immer bei sich haben musste, in das kleine Täschchen am Handgelenk. Dann setzte sie sich noch einmal vor den Spiegel, legte die schimmernde Perlenkette um den Hals, tauschte aber dann die Perlen gegen die Kette mit den grünen Steinen aus. Nein, sie würde beide nehmen, entschied sie, warum nicht mehrere Ketten in verschiedenen Längen. Aus der Schmuckschatulle suchte sie schließlich auch noch ihre längste Perlenkette heraus: Drei Reihen wären perfekt.

Sie ging in den Salon hinunter, um auf Elisabeth zu warten, die sie begleiten würde. Abends blieben die Kinder auf ihren Zimmern. Früher am Tag hatte sie sich mit Gabrielle und Florent Louis unterhalten. Sie bemühte sich, gewisse Routinen einzuhalten, verbrachte aber sicherlich nicht so viel Zeit mit ihren Kindern wie ihr eigener Vater damals mit ihr und den Geschwistern. Zu viele andere Dinge beanspruchten ihre Zeit. Die Tochter würde bald sieben werden, der Junge war fünf, sie kamen mittlerweile gut allein zurecht. Émilie hatte damit begonnen, sie zu unterrichten, wollte jetzt aber für den Sohn einen Privatlehrer anstellen. Das dritte Kind war noch kein Jahr alt und befand sich auf dem Land in der Obhut einer Amme. Sie und ihr Ehemann teilten nur noch selten das Bett, und dieses Kind war streng genommen nicht notwendig gewesen. Den Sohn hatte sie ja – gemäß Ehevertrag – längst geboren.

Elisabeth kam wie immer spät und war völlig außer Atem.

»Meine Liebe, man sollte meinen, Sie wären zu Fuß hierhergekommen.«

Mit der Gesundheit der Freundin stand es nicht zum Besten; sie war eher zart gebaut, hatte aber trotzdem ein heiteres Gemüt und besaß die Fähigkeit, die launischen Ausbrüche anderer mit ihrem eigenen Frohmut abzuschwächen. Von der Mathematik verstand sie nicht das Geringste, hörte aber gern zu, wenn Émilie ihr etwas erklärte.

Jetzt sank sie ins Sofa, trocknete sich die Stirn und nahm dankbar das Glas, das ihr gereicht wurde, entgegen. Nach einem großen Schluck begann sie sofort zu husten.

»Natürlich nicht«, antwortete sie, sobald sich ihr Atem etwas beruhigt hatte, »aber ich habe mich verspätet, und ich wollte Sie nicht länger warten lassen. Wir wollten uns doch kurz unterhalten, bevor wir losfahren.« Während sie sprach, blickte Elisabeth sich hastig um. Sie musste immer nachschauen, ob seit dem letzten Mal etwas Neues dazugekommen war, denn Émilie bestellte häufig zusätzliche Möbel für das Haus. So hatten sie sich auch kennengelernt: Sie waren sich zufällig beim Schreiner begegnet, der die ausgefallensten Tische der Stadt in lackiertem Mahagoni anfertigte. Die beiden Frauen stellten fest, dass sie den gleichen Geschmack hatten, und es endete damit, dass sie den gleichen Tisch bestellten. Damals waren sie Freundinnen geworden.

»Es ist noch Zeit, immer mit der Ruhe. Ich bin im Übrigen etwas unsicher, was diesen Abend betrifft; sollte ich vielleicht doch lieber daheim bleiben?«

Émilie stellte die Frage eigentlich nur, um in ihrem Vorhaben bestätigt zu werden; im Grunde hatte sie ihre Zweifel schon überwunden. Die Lust darauf, die glitzernden Kronleuchter der Oper zu sehen, war stärker als das Gefühl von Verlegenheit, das sie immer noch überkam, wenn sie an die beschämende Geschichte dachte.

»Aber nein!« Elisabeth schüttelte den Kopf. »Sie sind dem gesellschaftlichen Leben schon viel zu lange ferngeblieben. In Paris wird man schnell vergessen, das dürfen Sie nicht riskieren.«

»Aber Sie wissen doch, wie schlecht die Leute über mich reden, und ich habe wirklich keine Lust, heute Abend Guébriand zu begegnen.«

»Er mag doch die Oper gar nicht. Sie werden bald einem anderen begegnen, der Sie all das vergessen lässt.«

Elisabeth war dieses Themas inzwischen überdrüssig; seit langem schon redeten sie über nichts anderes als Guébriand. Was diesen Mann betraf, konnte sie Émilies Geschmack überhaupt nicht verstehen. Sie selbst war nicht einmal verheiratet, das war wesentlich schlimmer. Émilies Leben dagegen verlief in den richtigen Bahnen: Sie hatte einen anständigen, reichen Mann, der sie respektierte und in Ruhe ließ, die richtige Anzahl Kinder und genügend Freiheit, um ihre Passionen zu pflegen.

In der Rue le Peletier fuhren die Wagen dicht hintereinander; um diese Tageszeit herrschte dort reger Verkehr. Alle steuerten in dieselbe Richtung, dem Glanz- und Geheimnisvollen entgegen, das sie im Inneren der Oper erwartete.

Von außen sah sie weniger beeindruckend aus, thronte aber majestätisch genug am Ende der langen Straße, wie ein glitzerndes Zentrum für kleine und große Geheimnisse, heitere Abenteuer und böswillige Gerüchte. Aus allen Teilen der Stadt strömten Frauen und Männer herbei, begehrten Einlass, wollten sich von den Tönen fesseln lassen, andere sehen und selbst gesehen werden, wollten Kleider und Blicke studieren und mitbekommen, wer mit wem redete, eben alles erfahren, was es zu erfahren gab.

Im Wagen diskutierten Émilie und Elisabeth über den Herzog von Richelieu – das Lieblingsthema vieler Pariser Frauen. Émilie kannte ihn schon länger; er war ein Günstling des Königs, erfolgreicher Heerführer, Mitglied zahlreicher Akademien – mit anderen Worten: ein unwiderstehlicher Mann. Alle waren der Meinung, dass er bald heiraten sollte.

Am Ziel angekommen, schlossen sie sich dem Strom der Menschen an, hinein in die hell erleuchtete Halle.

Sie würden in der Loge der Herzogin von Saint-Pierre sitzen. Sowohl die Herzogin als auch ihr junger Begleiter Forcalquier waren erleichtert, dass Émilie endlich ihr selbst auferlegtes Exil aufgegeben hatte. Émilie war schon eine ganz besondere Frau, aber diese beiden waren nicht weniger exzentrisch, ein ungleiches Paar, das sich trotz des großen Altersunterschiedes gefunden hatte. Die Herzogin war eine ältere

Dame, die im gesellschaftlichen Leben einen Rang einnahm, den ihr niemand streitig machen konnte. Sie hatte sich selbst zu Émilies Beschützerin ernannt, und das war auch notwendig gewesen. Besonders die Frauen verbreiteten böswillige Gerüchte über Émilie, und natürlich verstand niemand, warum sie meist zu Hause blieb und sich mit mathematischen Beweisen beschäftigte. Glaubte sie, dass sie etwas Besseres sei? Ein weiblicher Newton vielleicht? Ha! Und ihr Liebesleben sei eine einzige Katastrophe! Die Herzogin hatte eine schwierige Aufgabe übernommen.

Die Oper war erfüllt von lautem Stimmengewirr, das sich nicht so rasch legen wollte. An diesem Abend wurde Jean-Philippe Rameaus erste Oper ›Hippolyte und Aricie‹ uraufgeführt. Es konnte ein Erfolg oder ein Fiasko werden, das Publikum würde entscheiden. Jean-Baptiste Lullys lyrische Tragödien hatten immer noch viele Anhänger; an diesem Abend saßen aber auch Rameaus junge Freunde mit im Saal.

Langsam kehrte in den gut gefüllten Logen Ruhe ein; man hatte gesehen, wer seinen Platz eingenommen hatte, wer nicht gekommen war, wer mit wem zusammensaß. Nur aus dem Parterre erklangen noch immer Gespräche, Rufe, Räuspern und Gläserklirren. Émilie schloss die Augen. Es wurde still, und sie ließ sich vom überwältigenden Klang der Ouvertüre fesseln.

In der Pause hatten es ihre drei Freunde eilig. Sie wollten sich unterhalten, gesehen werden, und so verschwanden sie aus der Loge, bevor Émilie sich auch nur aus ihrem Sitz erhoben hatte. Sie war noch vollkommen überwältigt von der Musik und zögerte, wollte dem eben Gehörten noch etwas nachspüren. Schließlich stand sie auf und ging ins Foyer. Dort blieb sie stehen, unsicher, wohin sie gehen sollte. Sie sah niemanden, den sie kannte.

Ein Mann, schmal, mit geradem Rücken, steuerte direkt auf sie zu. Sie wusste sofort, wer er war, es war unschwer, ihn zu erkennen. Als er sie erblickte, blieb er stehen und berührte überraschend ihren Arm. Er sah sie an, bis sie ihren Arm behutsam zurückzog. Sein Benehmen war unerhört, trotzdem wandte sie sich nicht ab und ließ ihn stehen, obwohl sie jedes Recht dazu gehabt hätte.

Er fragte, ob sie allein sei. Sie schüttelte den Kopf und sagte, dass sie in der Loge der Herzogin von Saint-Pierre sitze; Florent sei nicht in der Stadt.

»Darf ich Sie einladen, ein Glas mit einem Philosophen zu trinken?«

Sie nickte und nahm seine flinken Bewegungen wahr, auch die der Augen, die sie direkt anschauten. Ein Lächeln lag darin, dennoch vermochte sie nicht zu erkennen, was er dachte.

»Sie kennen sich gut aus in den neuen Wissenschaften, nicht wahr? Ich meine so etwas gehört zu haben.«

»Ja, ich studiere fleißig und habe schon einige Lehrer verschlissen. Woher wissen Sie das?«

»Ich kann mich noch gut an Sie erinnern, aus dem Salon Ihres Vaters. Er war sehr stolz auf Sie. Es ist so lange her, Sie erinnern sich sicher nicht mehr daran.«

»Sie lasen Gedichte vor, und ich war davon völlig gefesselt. Wie könnte ich das vergessen.«

Er lächelte, winkte aber ab, als wollte er das Thema wechseln.

»Könnten Sie mir dabei helfen, Newtons Theorien zu begreifen? In allen Details?«, fragte er.

»Wenn es mir selbst jemals gelingen sollte, ihn wirklich zu verstehen, stehe ich Ihnen gern zur Verfügung. Derzeit bin ich davon jedoch weit entfernt, und ich möchte etwas mehr als nur die Salonversion kennenlernen.«

»Sie wollen tiefer eindringen, das gefällt mir.«

Er winkte einem Kellner zu, nahm zwei Gläser und ging ihr mit sicheren Schritten voran zur Loge hinüber, die immer noch leer war. Wo waren die anderen geblieben, sie hätte sie jetzt gern hier gehabt. Was wusste er über sie? Sie prosteten sich gegenseitig zu und tranken, die Pause neigte sich schon dem Ende entgegen. Er gab ihr eine Karte mit seiner Adresse und bat sie im Namen der Wissenschaft um ein Treffen.

»Sie werden demnächst zusammen mit Ihren Freunden in mein Haus eingeladen werden – zu einem philosophischen Mahl.«

»Sind Sie sich da so sicher?«

»Wollen Sie vielleicht nicht?«, fragte Voltaire.

Er durfte nicht denken, dass sie nicht wollte.

»Wenn meine Freunde wollen, dann will auch ich. Ich freue mich darauf.«

Mit der Antwort sichtlich zufrieden, nahm er ihre Hand und küsste sie. Sein Blick ließ sie nicht los, bis er sich umdrehte und ging.

Sie hatte die Wahrheit gesagt, als sie erklärte, dass sie sich an ihn erinnerte. Sie waren sich tatsächlich schon einmal begegnet, vor langer Zeit.

Ihre Mutter hatte zu besonderen Anlässen immer besonders schöne Kleider angezogen. In einer Saison hatte sie manchmal ein cremefarbenes Seidenkleid getragen, das Émilie besonders liebte, mit einem Goldmuster am Mieder, am Hals und an den Handgelenken. Wegen des Salons, den die Eltern für Freunde, Wissenschaftler, Gäste, Schauspieler und Poeten öffneten, war das Haus an der Place Royale oft voller Menschen, und die Kinder durften zu den Eltern herunterkommen, um die Gäste zu begrüßen und zuzuhören, wenn diskutiert oder vorgelesen wurde. Die Dichtung sei eine edle Kunst und wichtig, um das eigene Leben zu verstehen, so die Meinung ihres Vaters.

Émilie war aber noch mehr von denen fasziniert, die sich mit den Naturwissenschaften beschäftigten. Sie hatte bereits in Büchern von solchen Gelehrten gelesen und wusste, dass sie sich die Planeten im ewigen Weltall anschauten. Sie waren sogar der Meinung, es gäbe vielleicht noch andere Lebewesen da draußen.

»Émilie, du musst Voltaire kennenlernen, er beehrt uns heute Abend mit seinem Besuch.« Sie hatte längst begriffen, dass der junge Mann mit dem schmalen Gesicht und der markanten Nase jemand Besonderes sein musste, denn der Vater freute sich immer außerordentlich, wenn Voltaire sie besuchte. Er war erst zwanzig Jahre alt und schon als Schriftsteller bekannt, obwohl der König seine Gedichte nicht mochte. Damals hatte er ihnen daraus vorgelesen, und Émilie hatte aufmerksam zugehört. Sie verstand nicht alles, doch ihr gefiel, was sie hörte.

Der Vater flüsterte Voltaire etwas zu, und der fragte sie daraufhin, ob sie etwas auf Englisch sagen könne. Ohne nachzudenken, kamen ihr plötzlich englische Worte über die Lippen. Sie wusste gar nicht, was sie da sagte, es waren wohl Worte, die sie beim Studieren der Grammatik gelernt, aber noch nie zuvor laut ausgesprochen hatte.

Voltaire hatte gelacht, schien sich über ihren Ernst zu amüsieren. Sie wusste nicht, was sie davon halten sollte, und blieb stumm zurück, als der Vater Voltaire mit zu den vielen anderen Leuten nahm, die mit ihm reden wollten.

Unbekannte Harmonien schwebten dem Dach der Oper entgegen. Die Musik war neu, Émilie hatte so etwas noch nie gehört. Sie hörte sich reich und mächtig, aber zugleich so lebendig, sehnsüchtig und melancholisch an. Rameau hatte eine Harmonielehre nach dem Prinzip der Natur entwickelt. Wie immer würde es einige Besucher geben, die diese Musik liebten, und andere, die sie verachteten; in jedem Fall würde die Pariser Oper nach diesem Abend nicht mehr dieselbe sein.

Die Musik rauschte wie ein Wasserfall, berührte Émilie, riss sie mit, nahm sie in den Arm. Sie würde Voltaire wiedersehen. Ein ungeahntes Glücksgefühl stieg in ihr auf, und sie atmete tief ein, bis in den Bauch, und ruhig wieder aus.

Die Adresse war nicht die beste, und das Haus in der Rue du Long-Pont war auch nicht sein Eigentum, trotzdem war er mit seiner Wohnung und der Lage recht zufrieden. Er mochte die Architektur und die Aussicht; die Vorderseite des Hauses war dem Portal der Kirche Saint-Gervais zugewandt. Er hätte jedes Haus in Paris kaufen können, das Nomadenleben war ihm aber in Fleisch und Blut übergegangen.

Eine Gruppe von vier Personen befand sich auf dem Weg die steilen Treppen hoch, unendliche Wendeltreppen, die sich immer weiter drehten; drei Gäste und der Hausherr.

Er war oft auf Reisen gewesen, war ziellos umhergeirrt, hatte ein paar Jahre in England verbracht. Zwei Inhaftierungen in der Bastille waren genug gewesen, für ihn und auch für den König. Das erste Mal 1717, wegen eines Gedichts, das Philipp II., den Herzog von Orléans, bloßgestellt hatte. Zehn Jahre später hatte er eine Auseinandersetzung mit dem Feldmarschall Chevalier de Rohan-Chabot gehabt, einem mächtigen Mann der Aristokratie. Es half nichts, dass er in der Zwischenzeit ein angesehener Schriftsteller geworden war, erfolgreich an der Comédie-Française. Noch einmal bekam er den befürchteten Haftbefehl, der keine Diskussionen zuließ, den Brief, den die Behörden benutzten, wenn die Gesetze nicht ausreichten.

Der König mochte nicht, was Voltaire publizierte, doch es hatte Aufsehen erregt, dass er einen bekannten und beliebten Schriftsteller hinter Schloss und Riegel brachte. Auch wenn die Bastille ein Gefängnis der Privilegierten war, wo die Gefangenen jeglichen Komfort genießen konnten, wenn sie nur vermögend genug waren, so hatte es doch einen schlechten

Eindruck hinterlassen, und der König hatte dieser unglückseligen Geschichte ein Ende setzen müssen. Voltaires angegriffene Gesundheit war ein weiterer Grund gewesen. Die Lösung war: Exil auf der anderen Seite des Kanals. Der König wollte ganz einfach für eine Weile Abstand von ihm gewinnen. So wurde Voltaire nach England geschickt.

Er sei traurig gewesen, Abschied von den Freunden in Paris nehmen zu müssen, so Voltaire zu seinen Gästen, aber zwei Jahre auf der Insel hätten genügt, um Englisch zu lernen und herauszufinden, dass es andernorts für Freiheit, Ideen und Aufklärung bessere Bedingungen als in Frankreich gebe.

Die Engländer hätten ihn freundlich empfangen, und er habe sogar darüber nachgedacht, dort zu bleiben und niemals zurückzukehren. Jetzt sei er aber wieder hier. Vielleicht sei es töricht gewesen. In der ersten Zeit nach seiner Rückkehr nach Frankreich habe er bei Bekannten gewohnt und sich daran gewöhnen müssen, in Unterkünften zu leben, die ihm loyale Freunde zur Verfügung stellten.

»Doch nach einigen Jahren tat es gut, etwas zu bekommen, das ich mein Eigen nennen konnte.«

Voltaire erzählte lebhaft auf dem Weg in die Wohnung. Normalerweise redete Émilie viel und schnell, jetzt aber hörte sie zu. England war immer ihr Traum gewesen. Solange sie sich erinnern konnte, hatte sie sich gewünscht, einmal dort hinfahren zu dürfen. Aber natürlich war es unmöglich, als Frau allein zu reisen, und Florent konnte sie wegen seiner vielen Verpflichtungen nicht begleiten.

Es war ein lauer Juniabend in Paris, über der Stadt lag ein blaues Licht. Von dem Augenblick an, als sie zusammen mit der Herzogin von Saint-Pierre und Graf Forcalquier den Fuß auf die Treppe zum Portal gesetzt hatte, wusste Émilie, dass es richtig gewesen war, hierherzukommen. Voltaire öffnete die Tür und ließ sie in eine hell erleuchtete Halle eintreten.

Es war bekannt, dass der Poet und Philosoph sich gerne mit geistreichen Menschen umgab. Seitdem er eine eigene Bleibe hatte, waren Auserwählte aus den besten Kreisen der Stadt schon mehrmals zum Essen eingeladen worden, und die schöngeistigen Gespräche bei Voltaire waren mittlerweile legendär.

Die ganze Stadt wusste, dass Voltaire in England gewesen war, und Émilie konnte nicht länger mit der Frage nach dem, was sie am meisten beschäftigte, warten: Habe er womöglich der Beerdigung Newtons beigewohnt? Aber nein. Er war ja erst kurz nach dem Tod des großen Wissenschaftlers nach England gekommen. Er habe aber viel von dem, was über Newton geschrieben worden sei, gelesen und sich selbst bei seiner Rückkehr nach Frankreich zu Newtons Verteidiger und Fürsprecher ernannt.

Émilie hatte schon viel Zeit darauf verwendet, Isaac Newtons Hauptwerk, die ›Philosophiae Naturalis Principia Mathematica‹ (›Mathematische Prinzipien der Naturphilosophie‹), zu studieren. Man konnte nicht mehr in Salons verkehren, ohne über Newton zu diskutieren, und viele sahen ein, dass sie ein wenig von dem Neuen verstehen mussten, um mithalten zu können. Die Naturwissenschaften waren in der Stadt plötzlich en vogue, und Newton war ein Mann, von dem viele redeten, von dem aber nur wenige etwas verstanden. Für den König, die Kirche und die Pariser Akademie der Wissenschaften war er ein Feind des Französischen.

Von der Eingangshalle gelangten sie in einen Salon mit Möbeln aus dunklem Holz. Der Raum war nicht übermäßig voll gestellt, sondern im Gegenteil ein Ort, an dem man sich frei bewegen konnte. Vielleicht war das der sogenannte natürliche englische Stil? Die Bücherregale erstreckten sich vom Boden bis zur Decke. Mitten im Raum stand ein runder Tisch, gerade groß genug, um vier Personen Platz zu bieten, mit einer leuchtend weißen Damastdecke und einem silbernen Kandelaber. Die Mahlzeit inmitten von Büchern einzunehmen, das passte natürlich zu einem Philosophen.

Auf einem Silbertablett wurden ihnen Gläser gereicht, anschließend zog sich der Diener leise zurück. Auch Voltaire verschwand durch eine Seitentür. Émilie konnte es nicht lassen, sie musste sich die Bücher in den Regalen anschauen. Ihr fielen Schriften von John Locke und viele andere englische Bücher auf.

Voltaire kam zurück. Offenbar war er ein Gastgeber mit Sinn für Details und hatte in der Küche letzte Instruktionen gegeben. Jetzt konnte der Abend beginnen.

Die beiden Freunde waren schon früher einmal da gewesen und stolz darauf, erneut eingeladen worden zu sein. Émilie war gespannt: Wie war er nun eigentlich wirklich, dieser beliebte und zugleich berüchtigte Poet? Sie redete weniger als sonst und wählte ihre Worte mit Bedacht. Voltaire bot ihnen Wein, Brot und Suppe an. Mehr benötige ein Philosoph nicht, sagte er und lächelte über seine eigenen Worte. Émilie hatte sich nicht vorstellen können, dass es so einfach wäre, sich mit ihm zu unterhalten; nichtsdestotrotz war er in allem, was er sagte, sehr scharfsinnig. Sie prosteten sich zu und reichten die Suppenterrine herum, die der Diener auf einem Beistelltisch platziert hatte.

Voltaire war ein Mann, über den ganz Paris sprach. Er wurde geliebt und gehasst. Im August des vergangenen Jahres hatte sein Stück ›Zaire‹ Premiere gehabt.

»Es war ein unerwarteter Erfolg, was mich umso mehr gefreut hat«, sagte er.

Im Januar sei das Stück veröffentlicht worden, und nur seine eingeschworenen Feinde schrieben jetzt herablassend über das Stück. Er sei es gewohnt, kritisiert zu werden, weil seine

Texte zu klassisch seien, zu »geordnet«, weil seine Dramatik jeglicher Leidenschaft und Erotik entbehre, weil er unpassende Dinge ausspreche, weil er England zu sehr lobe. Und doch fühle er sich manchmal ganz krank, wenn die Gegner ihn schikanierten. Das hier sei aber ein Stück voller Liebe und Gefühl, und ganz Paris liebe ›Zaire‹.

Er vermisse die Klubs in London, fuhr Voltaire fort, wo Männer sich treffen und frei diskutieren konnten, und das Wichtigste – sie dürften alles, was sie wollten, veröffentlichen, ohne jede Zensur. Er habe in England eine Reihe von Briefen geschrieben und hoffe jetzt darauf, sie sowohl in England als auch in Frankreich herausgeben zu können. Eine englische Ausgabe sei bereits gedruckt, in einer Auflage von dreitausend Exemplaren.

»Cideville, mein Verleger, hat mit Jore aus Rouen, der die meisten meiner Schriften druckt, abgesprochen, dass er zweieinhalbtausend Exemplare drucken wird, aber erst nachdem das Buch in England verbreitet worden ist«, fügte er hinzu.

»Aber nein! Das dürfen Sie nicht. Sie sind naiv, wenn Sie glauben, das könnte gut gehen!«

Émilie sagte es geradeheraus, nachdem sie lange Zeit geschwiegen hatte. Der König würde es gar nicht schätzen, wenn das Buch in England früher veröffentlicht würde als in Voltaires Heimat. Ganz zu schweigen davon, dass er in jedem Fall von einer Veröffentlichung der Briefe, sei es nun in Frankreich oder in England, ganz und gar nicht begeistert wäre. Voltaire aber war für Verleger und Drucker ein gewinnträchtiger Autor, seine Schriften schockierten immer, die Leute kauften und lasen, was er schrieb, und darin lag eine große Gefahr. Wie konnte er sich so sicher sein, dass Jore abwarten würde, bis die Zeit reif wäre?

»Die Briefe können ruhig in England verbreitet werden«, beharrte Voltaire, ohne näher auf ihre Bedenken einzugehen.

Émilie versuchte, Voltaire begreiflich zu machen, dass er gegenüber dem König zu höchster Diplomatie verpflichtet sei. Nachdem er ihr eine Weile zugehört hatte, nickte er schließlich und versprach, es sich gut zu überlegen. Er wunderte sich über diese Frau, die anscheinend so viel weitsichtiger war als er selbst. Sie beeindruckte ihn.

Voltaire wechselte das Thema.

»Warum sind Sie eigentlich in diese allzu hektische Stadt zurückgekehrt?«, fragte er, an Émilie gewandt.

»Das war keine spontane Entscheidung«, sagte sie. »Florent und ich waren der Meinung, dass unser zweites Kind besser in Paris zur Welt kommen sollte, auf dem Schloss dort unten war es einfach zu kalt und unwirtlich.«

Eine Zeit lang hätten sie abwechselnd beide Orte bewohnt. Doch bald zeichnete sich ab, dass sie sich mehr in Paris als auf dem Schloss aufhielten, und als Émilie ihr drittes Kind erwartet habe, sei es für beide in Ordnung gewesen, Semur ein für alle Mal aufzugeben. Anfang April habe sie ihren Sohn zur Welt gebracht, und sobald sie sich stark genug gefühlt habe, habe sie den Kontakt mit der Herzogin von Saint-Pierre wiederaufgenommen. Hier nickte die Herzogin und lächelte; es gebe keinen Grund, zu lange daheimzubleiben.

»Jetzt muss ich wohl für längere Zeit allein in der Stadt bleiben«, sprach Émilie weiter. »Als im Februar der Krieg um die Erbfolge in Polen ausbrach, wurde Florent wieder ins Feld gerufen.«

Voltaire interessierte sich jedoch mehr für ihre Arbeit und ihre besonderen Interessen. Er wollte alles darüber wissen, wie sie die Naturwissenschaften für sich entdeckt habe und wie ihre Pläne aussähen; er tat, als wäre es die natürlichste Sache der Welt. Nur ein einziger Mensch hatte bisher auf diese Art und Weise mit ihr über die Mathematik gesprochen. Sie vermisste ihren Vater.

Die Akademie der Wissenschaften würde bald einsehen müssen, dass Newton recht gehabt habe, davon sei sie überzeugt, meinte Émilie. Voltaire hingegen erwartete nichts aus der Richtung; in der Akademie säßen Männer, die mit ihren Kenntnissen niemanden herausfordern könnten.

»Das Große an Newton ist doch, dass er die Zusammenhänge erkannt hat«, sagte er jetzt. »Die Gesetze, die beschreiben, was im Universum passiert, warum die Bahn eines Planeten krumm ist, warum eine Kugel, die hoch in die Luft geworfen wird, kehrtmacht und wieder herunterkommt. Er hat auch gesehen, dass Gegenstände, die nicht in direktem Kontakt zueinander stehen, einander beeinflussen können.«

Émilie war begeistert. Obwohl sie diesen Mann noch so wenig kannte, fühlte sie sich sehr zu ihm hingezogen. Sie spürte intuitiv, dass sie in Voltaire jemanden gefunden hatte, der sie verstehen konnte.

»Früher war der Mensch nur auf sich selbst gestellt und Gott überlassen, nichts wurde erklärt, alles war mystisch oder bestenfalls ohne Zusammenhang«, fuhr er fort.

»Und warum hat der Absolutismus solche Angst vor Newton?« Émilie konnte es nicht begreifen.

»Wir und die Generationen nach uns können seine Erkenntnisse heranziehen, um Zusammenhänge, die die Menschen sonst nicht sehen, aufzudecken; Amtsmissbrauch, Eitelkeit, Politik. Der König wünscht aber nicht, dass wir diese Zusammenhänge verstehen.«

Über die Ansicht, wie Newton der Gesellschaft in Zukunft von Nutzen sein könnte, gingen ihre Meinungen deutlich auseinander, und es kam zu einem regen Schlagabtausch, dem die beiden anderen Gäste staunend folgten. Sie tranken Wein, prosteten sich zu. Émilie wollte Voltaire gern zeigen, woran sie arbeitete und auch, was sie geschrieben hatte. Sie spürte das Bedürfnis, ihn in all das einzuweihen, ihm alles zu erzählen: woran sie glaubte, was sie wusste, woran sie zweifelte. Auf einmal hatte sie das Gefühl, zuvor einsam gewesen zu sein, ohne es selbst gemerkt zu haben.

Sie brachen auf. Im Osten dämmerte bereits der Tag. Noch nie hatte sie ihre eigenen Worte auf diese Art und Weise formuliert. Hatte sie nicht schon immer auf Voltaire gewartet, die ganze Zeit?

Als die beiden anderen bereits im Wagen saßen, nahm Voltaire zum Abschied ihre Hand. Wenn sie doch nur noch nicht fahren müssten! Sie blieben eine Weile so stehen, Hand in Hand, und er küsste sie. Schließlich verabschiedeten sie sich, und erst als das Klappern der Hufe auf dem Pflaster nicht mehr zu hören war, ging er ins Haus.

»Wir brauchen mehr Licht hier drinnen!«

Sie erinnerte sich gut an den Satz ihres Vaters, wenn er in das Obergeschoss kam, wo die Kinder wohnten. Dann ließen sie immer sofort alles, womit sie sich gerade beschäftigten, stehen und liegen und stürzten sich auf ihn. Für die fünf Geschwister war es eine Art Wettstreit, dem Vater als Erster zeigen zu können, was sie gerade geschrieben, gezeichnet oder gelesen hatten. Wenn ihr Vater auftauchte, waren die Räume voll Helligkeit und Freude. Er erwartete nicht, dass die Kinder den Eltern tägliche Besuche abstatteten, ihm war es lieber, oben in ihren eigenen Räumen mit ihnen zusammen zu sein.

Mit großzügigen Armbewegungen zog Louis Nicolas die schweren Vorhänge, die von der Decke bis zum Boden reichten, zur Seite. Er beklagte sich über die Kindermädchen, wenn sie die Fensterläden nicht weit genug geöffnet hatten oder wenn an warmen Tagen nicht gelüftet worden war. Vom Haus an der Place Royale hatten sie einen herrlichen Blick über den Park, aber Émilie las lieber in den Büchern, die ihr der Vater geliehen hatte, als sich draußen zu vergnügen.

Anne Froulay war sehr jung gewesen, als sie Émilies Vater geheiratet hatte. Er dagegen hatte lange damit gewartet, eine Familie zu gründen. Er war ein Mann, der das Leben liebte, und da er für die Einführung der Botschafter am Hofe verantwortlich war, genoss er das volle Vertrauen des Königs, Louis XIV. Nachdem er der Frau, die später die Mutter seiner Kinder wurde, begegnet war, veränderte sich einiges für ihn. Zu seiner eigenen Überraschung bereiteten ihm das Familienleben und das Zusammensein mit den Kindern ebenso große Freude wie sein bisheriges Leben am Hofe. Émilies Mutter war klug und zäh, und ihr Reichtum machte sie in äußerlichen Dingen umso unabhängiger.

Ab und zu kam der Vater mit einem Stoß Bücher an, die er in der Bibliothek für Émilie ausgesucht hatte; er war immer gespannt, ob seine Tochter damit etwas anfangen konnte. Oft waren es Bücher auf Latein oder Grammatiken in englischer und italienischer Sprache. Mühelos begriff sie die Systeme der Grammatik, verstand die Regeln anzuwenden. Sie mochte alles Systematische, alles, was aufging. Italienisch und Englisch waren die Sprachen, die der Vater am besten konnte, deswegen wollte er, dass auch Émilie sie lernte. Es fiel ihr leicht, sich neue Worte und besondere Redewendungen zu merken; sie schrieb sie in großen Buchstaben mit schwarzer Tinte, erstellte lange Listen von Wörtern auf weißem Papier.

Die Bücher vermittelten ihr etwas von der mystischen Sphäre, die man Wissen nennt. Euklids Geometrielehre war für sie der wertvollste aller Schätze. Émilie traute ihren eigenen Augen nicht, als sie das Buch zum ersten Mal öffnete, denn hierin fand sie mehr als nur Buchstaben. Hier gab es verschiedene Formen, die durch und durch perfekt waren: Dort, wo eine Ebene eine Kugel schnitt, entstand ein Kreis; der Radius stand offenbar immer im selben Verhältnis zum Umfang des Kreises. Auch andere Figuren gefielen ihr: Würfel, Zylinder, konische Formen. Sie studierte sie alle und war vom ersten Moment an gefesselt von der Geometrie. Sie füllte einen Bogen nach dem anderen mit Kreisen und allen Formen aus, die sie auf den Seiten des Buches finden konnte.

Émilie war schon ein paarmal in der Bibliothek gewesen, aber nur einmal allein, obwohl man es ihr verboten hatte. Doch sie war die zwei Stufen zur Bibliothek hinaufgegangen und hatte sich mühsam gegen die wuchtige Eichentür gelehnt. Mit aller Kraft stieß sie sie auf, bis sie durch den

Türspalt hineinschlüpfen konnte. Drinnen war es dunkel, durch die Spalten in den hohen Fensterläden sickerte Tageslicht herein. Die Wände waren vom Boden bis zur Decke mit Reihen von Büchern bedeckt. Émilie atmete den besonderen Geruch tief ein: den Staub, die trockene Luft, das alte Papier. Sorgfältig wählte sie eines der größten Bücher aus. Kleine schwarze Zeichen füllten die weißen Seiten, als sie das Buch öffnete, das leise zu ihr zu sprechen begann.

Südlich von Paris lag die sanft gewellte Landschaft der Bourgogne. Durch kühle, tiefe Eichenwälder hindurch breitete sich der Weg vor Émilie aus und trug sie direkt ins Herz des Landes.

Im Frühherbst 1725 war Émilie in Semur angekommen. Neben ihr im Wagen saß Florent, Marquis du Châtelet, Offizier des Heeres. Sie würden auf dem Schloss seiner Familie wohnen. Auch der König hatte in diesem Jahr die Ehe geschlossen: Der fünfzehnjährige Louis XV. hatte Maria Leszczyńska geheiratet, die Tochter des polnischen Königs Stanislaus I.

Zehn Jahre waren seit dem Tod von Louis XIV. vergangen, Émilies Vater hatte sich inzwischen vom Hofleben zurückgezogen. Jetzt war er stolz darauf, dieses Arrangement mit der Familie du Châtelet getroffen zu haben, einer soliden und allseits respektierten Adelsfamilie mit Ahnen, deren Wurzeln bis zu Karl dem Großen zurückzuverfolgen waren.

Das Schloss Semur lag auf einer Anhöhe, das Dorf direkt am Fuße des Schlosses. Als sie durch das Stadttor rollten, hatte Émilie sich umgedreht, um einen letzten Blick auf den dichten grünen Wald unten in der Ferne werfen zu können.

Der Wagen hielt an, weiter kamen sie nicht. Die engen Straßen waren voller Menschen und Kutschen, die Kirchenglocken läuteten. Sie wurden erwartet. Florents Familie hatte großen Einfluss in dieser Gegend, und die ganze Stadt war versammelt, um die frisch Vermählten willkommen zu heißen.

Die Privilegierten der Stadt standen ganz vorn. Niemand hatte Émilie gesagt, was sie hier erwartete, und ihr fiel auf, dass das gelbe Kleid, das sie für die Reise ausgesucht hatte, hier irgendwie fehl am Platz war. Als sie aus dem Wagen stiegen, wurden sie mit Jubelrufen und Salutschüssen begrüßt.

Nach diesem lebhaften Empfang ging es weiter zum Schloss. Die Leute säumten noch immer den Weg. Florent lächelte, winkte ihnen zu und gab seiner Frau zu verstehen, dass sie es ihm gleichtun solle.

Die massive Mauer, die das Schloss umgab, wurde nur durch ein enormes Tor unterbrochen, so breit, dass drei Wagen Seite an Seite hindurchfahren konnten. Das Schloss wirkte imposant und unnahbar und erinnerte mit den vier runden Türmen an längst vergangene Zeiten.

Gabrielle Émilie Le Tonnelier de Breteuil, Marquise du Châtelet, neunzehn Jahre alt und frisch vermählt. Mit ihrer Heirat war Émilies Familie auf der adeligen Leiter eine Sprosse weiter nach oben geklettert. Zuvor hatte sie selten über die Ehe nachgedacht. Sie hielt nicht besonders viel davon, hatte aber nichts gegen Florent. Er war Offizier, viel unterwegs und würde sie nicht mehr als nötig belästigen. Zwei Kinder waren im Ehevertrag vorgesehen. Sie hatte ihr Jawort dem Mann gegeben, der ihrem Vater am besten gefiel. Ihr Vater würde schon dafür sorgen, dass es ihr gut ging. Ihm vertraute sie.

Nun waren sie nach langer Reise angekommen. Florents Verwandte empfingen sie, als gehörten sie der Königlichen Familie an. Émilie hatte viel Gepäck dabei, vor allem Bücher. Florent hatte bereits herausgefunden, wo sie sich mit ihren Sachen einrichten könnte, und gleich am ersten Abend zeigte er ihr das Schloss.

Sie gingen die Treppe hinauf zu einem schier unendlich langen Korridor im zweiten Obergeschoss. Alles war sauber, schlicht und sehr, sehr groß.

»Wir haben keine Bibliothek, so wie Sie es bisher gewohnt

waren. Sie können sich aber in einem der Türme ein Arbeitszimmer einrichten.«

Als sie in dem kreisrunden Raum ankamen, blickte sich Émilie auf der Suche nach der Feuerstelle um. Es wäre sicher nicht leicht, einen so großen Raum mit einer derart hohen Decke zu heizen. Doch ihre Sorge war unbegründet: Diejenigen, die das Schloss gebaut hatten, hatten anscheinend auch daran gedacht, denn wie ein Monument zum Andenken an den Kampf gegen kalte und dunkle Winterabende thronte dort der offene Kamin.

Es dauerte nicht lange, bis Florent in die Garnison zurückgerufen wurde. Émilie blieb allein auf Semur zurück. Sie vertiefte sich in ihre Bücher und wartete auf seine Rückkehr.

Bevor das Jahr um war, bekamen sie eine Tochter. Die Schwangerschaft verlief ohne Komplikationen; sie verbrachte die Wartezeit mit ihren Studien, die Bücher waren ihr liebe Freunde. Dabei entwickelte sie eine Gewohnheit, auf die sie später nie mehr verzichtete: Sie blieb nachts lange auf, oft bis zum Tagesanbruch. Sie brauchte nur wenig Schlaf.

Florent war ein stolzer Vater. Doch ein Sprössling allein war eindeutig zu wenig, und im Jahr darauf war sie wieder schwanger.

Das Schloss war unpraktisch und kalt. In den langen Nächten der ersten Schwangerschaft hatte Émilie zu viel gefroren, sie wollte nicht noch einmal dort gebären. Und so zogen sie rechtzeitig vor der zweiten Niederkunft zurück nach Paris. Florent würde ohnehin bald in die Garnison zurückkehren und wollte nicht, dass Émilie allein blieb. Und wieder war Semur ein einsames Schloss.

Richelieu erhob sich und ging zu dem massiven Schreibtisch in der Ecke des Raumes, wo er für gewöhnlich seine Korrespondenz erledigte. Er drehte einen Schlüssel im Schloss und nahm ein Bündel Briefe aus dem Schubfach. Er schaute sie schnell durch, suchte einen Brief heraus und legte die restlichen zurück.

Émilie beobachtete ihn, als er den Brief auseinanderfaltete und seine Augen die Zeilen überflogen. Er lächelte, schaute sie an und nickte. Sie wusste, sie würde den Brief nicht lesen dürfen. Voltaire und Richelieu kannten sich seit ihrer Schulzeit. Aber ganz offensichtlich wollte er ihr etwas erzählen – es ging um Voltaire.

Er selbst sei in Wien gewesen, als es passierte; Voltaire habe ihm geschrieben. Émilie dürfe aber gern die ganze Wahrheit erfahren, das könne sie schon verkraften, außerdem sei es eine gute Geschichte.

»Voltaire ist ein Mann des Bürgertums«, begann Richelieu, »ohne Vermögen geboren, Sohn eines Notars. Er weigerte sich, bei seiner Berufswahl den Rat des Vaters zu befolgen. Er wollte auf die Literatur bauen. Sogar seinen Namen änderte er. Seine Erfolge hat er allein sich selbst zu verdanken, auch die schweren Zeiten hat er alleine gemeistert.«

Es war ihm also gelungen, ein reicher Mann zu werden, doch Émilie vermochte nicht zu sagen, wie er es geschafft hatte, so viel Geld zu verdienen. Zwar wirbelten seine Veröffentlichungen allein wegen der Zensur immer viel Staub auf, was den Verkauf eher beförderte, und auch seine Erfolge am Theater warfen stets etwas ab. Aber das allein konnte es nicht sein.

»Wenn es um Geld geht, hat er ein besonderes Talent; es vermehrt sich unter seinen Händen. Doch nun zu der eigentlichen Geschichte: In der großen Lotterie, die der König ins Leben gerufen hat, schaffte Voltaire es tatsächlich, den größten Teil zu gewinnen, weil alles so schlecht organisiert war. Voltaire ist in Geldsachen ganz einfach gerissen«, erklärte Richelieu.

Besondere Staatsobligationen hätten an Wert, viele Anleger große Summen verloren. So auch Voltaire. Die Finanzen des Landes seien eben nicht stabil gewesen, so etwas passiere manchmal. Um den Schaden zumindest teilweise wiedergutzumachen, habe der König für diejenigen, die Verluste erlitten hätten, eine Lotterie veranstaltet. Mit etwas Glück konnten sie einiges von dem, was sie verloren hatten, zurückgewinnen. Der Preis und der Wert der Lose seien dem Wert des verbliebenen Guthabens angepasst gewesen. Voltaire habe verstanden, dass es sich lohnen würde, viele Lose mit niedrigem Wert, statt ein einziges mit hohem Wert zu kaufen, das würde die Gewinnchancen erhöhen. Er habe sich unter einer Reihe fiktiver Namen registrieren lassen und jeden Monat möglichst viele Lose gekauft. Der Aufsichtsbeamte der Lotterie sei sein Komplize gewesen und habe seinen Teil vom Gewinn abbekommen; innerhalb eines einzigen Jahres habe Voltaire auf diese Weise ein Vermögen angehäuft.

Émilie wusste, was Reichtum war. Geld hatte man, es stand einem von Geburt an zu. Aber ein Literat, der mit dem Vermögen anderer spekulierte, um einen Teil davon abzubekommen und sein eigenes zu vermehren, das war ungewöhnlich.

»Das war doch – Betrug, oder?«, fragte Émilie.

»Voltaire hat einfach die Gelegenheit genutzt. Als die Behörden begriffen, was passiert war, wurde die Lotterie sofort abgeschafft und die Organisatoren wurden entlassen.«

Besuche bei Richelieu waren immer interessant. Louis-François-Armand de Vignerot du Plessis, wie er mit vollem Namen hieß, war ein Mann mit Charakter, nicht mehr ganz jung, doch mit dem reifen Selbstvertrauen, das für Frauen so gefährlich ist. Er hatte die Ehe ausprobiert und gehörte zu denen, die unzählige Verhältnisse hinter sich hatten, mit verheirateten und unverheirateten Frauen, mit jüngeren und älteren; er vermittelte jeder Einzelnen dieser Frauen das Gefühl, eine Auserwählte zu sein. Zwischen ihm und Émilie war es eine Zeit lang recht stürmisch zugegangen, inzwischen aber verband sie eine Freundschaft.

Doch auch Männer wie Richelieu würden eines Tages noch einmal heiraten, und vielleicht war er jetzt so weit. Auf jeden Fall hatte er versprochen, sich Émilies Vorschlag gründlich zu überlegen. Elisabeth war eine gute Partie.

Voltaire war die ganze Zeit unsichtbar anwesend gewesen, so viel hatten sie von ihm gesprochen. Émilie wollte alles über ihn wissen. Er war zwölf Jahre älter als sie, hatte schon ein ganzes Leben hinter sich. Welche waren die Menschen, die ihm etwas bedeuteten, welchen Frauen war er begegnet?

Voltaire wollte eigentlich nichts anderes, als von anderen Leuten akzeptiert oder gemocht zu werden. Trotzdem schaffte er es immer wieder, sich mit einflussreichen Persönlichkeiten anzulegen. Richelieu war der Meinung, das läge an seinem bodenständigen Hintergrund in Kombination mit seinem scharfen Intellekt.

Émilie hörte fasziniert zu. Von Anfang an hatte sie sich zu Voltaire hingezogen gefühlt. Könnte er der Liebhaber werden, der ihre tiefsten Bedürfnisse befriedigen würde? All ihr Verlangen, das sie fortan nicht mehr verleugnen wollte?

Richelieu schloss den Brief wieder weg, trat zu ihr und stellte sich hinter sie. Seine Hand streichelte zärtlich ihren Hals.

»Voltaire ist verliebt, so wie jetzt habe ich ihn noch nie gesehen. Er spricht nur noch von Ihnen.«

»Ich denke zu viel an ihn, ich weiß nicht, ob das klug ist.«

Sie wollte ihm nicht eingestehen, dass seine Worte sie glücklich machten.

Er setzte sich wieder hin und sah ihr lächelnd in die Augen. »Sie brauchen einen Mann, Émilie, habe ich recht?«

Sie antwortete nicht.

»Und Sie selbst, werden Sie nicht bald heiraten?«, entgegnete sie schließlich. »Sie haben mir jedenfalls versprochen, darüber nachzudenken.«

»Es gibt in Paris viele hübsche Frauen, doch keine, die ich heiraten könnte. Sie sind alle schon vergeben.«

Es war herrlich, wie er mit ihr flirtete. Sie lächelte zurück. Das Leben war voller Möglichkeiten. Sie fühlte sich vollkommen ruhig. Wenn Voltaire in sie verliebt wäre, würde sie das zur glücklichsten Frau der Stadt machen.

Der rechteckige Garten innerhalb der Mauern des Palais-Royal stand in voller Blüte. Sie ging zwischen den Blumenbeeten spazieren. Oft war es Voltaire, der auf sie warten musste, heute aber war sie zu früh zu ihrer Verabredung gekommen.

Die Tulpen schufen ein regelmäßiges Muster aus Weiß, Lavendel und Violett, reinen Farben, die sie mit Erwartung erfüllten. In ein paar Monaten würden hier statt Tulpen Rosen blühen, langstielige, einzelne Blüten und auch große Büsche, weiße, leuchtend gelbe, zartrosa. Auch das war wunderschön, der ganze Park entfaltete dann seine Pracht. Die Rosen beanspruchten mehr Platz, wuchsen über die Beete hinaus und durchbrachen die Symmetrien.

Ein ganzes Jahr war vergangen, seit sie zum ersten Mal zu einem philosophischen Abendessen bei Voltaire eingeladen worden war. Es waren viele Abende und Nächte in der Rue du Long-Pont gefolgt. Wie oft hatten sie gemeinsam die Oper und das Theater besucht, hatten Ausflüge in den Bois de Boulogne unternommen. Immer wieder hatte Paris sie mit Voltaire zusammen sehen dürfen, dann waren allerdings meist auch andere Personen anwesend. Nur einige Auserwählte wussten, dass die beiden sich genauso oft unter vier Augen trafen. Für Émilie gab es niemanden, mit dem sie lieber zusammen gewesen wäre.

Sie hatte Florent geschrieben und ihm von Voltaire erzählt; der Ehemann hatte es verdient, dass sie ihm gegenüber ehrlich war.

Voltaire hatte sie dazu aufgefordert, sich nach besseren Lehrern umzusehen. Das Land benötige die besten Köpfe, um Newton in Frankreich einzuführen, und sie sei einer davon. Er kannte viele, die sie hätten unterrichten können, doch nur die besten taugten. Als Gegenleistung erwartete er, dass sie ihn in ihre Studien einweihte. Voltaire hatte sie dem Mathematiker, Astronom und Philosoph Pierre-Louis Moreau de Maupertuis vorgestellt, und dieser hatte eingewilligt, ihr in Mathematik und Physik Privatstunden zu erteilen.

Maupertuis war ein guter Lehrer, sie mochte ihn und tat ihr Bestes, um ihn davon zu überzeugen, dass sie intelligent genug war, um seiner würdig zu sein. Er war aber sehr damit beschäftigt, seine eigene wissenschaftliche Karriere voranzutreiben, immerhin war er schon in die Akademie der Wissenschaften gewählt worden. Auch in den Salons war er ein gern gesehener Gast, nicht nur wegen seines scharfen Intellekts, sondern auch wegen seines männlichen Aussehens. Jetzt war er nach Basel eingeladen worden, hatte aber noch nicht entschieden, ob er fahren würde. Unabhängig von seiner Entscheidung wollte Émilie doch lieber nach einem zusätzlichen Lehrer suchen. Es war ärgerlich, dass sie diesen Lehrer vermutlich gegen einen neuen würde austauschen müssen, jetzt, da sie endlich einen guten gefunden hatte.

Sie sah Voltaire ihr entgegeneilen. Bei seinem bloßen Anblick wurde ihr ganz weich in den Knien, unter tausend Männern hätte sie seinen Umriss erkannt. Wie immer blickte sie sich rasch um, ob jemand in der Nähe wäre. Doch sie waren allein. Er ergriff ihre Hände, küsste sie stürmisch und schien sehr glücklich, sie zu sehen, beinahe erleichtert.

Sie hatten so vieles gemeinsam, waren aber in manchen Dingen auch völlig unterschiedlich. Voltaire hatte ein ungezügeltes Temperament, war oft euphorisch, in Hochstimmung, dann öffneten sich ihm in seinen Visionen manchmal ungeahnte Perspektiven – während er schon im nächsten Augenblick krank werden konnte wegen schlechter Kritiken und all der Hindernisse, die sich ihm in den Weg stellten. Auch Émilie war oftmals hitzig und bissig, auch sie neigte nicht gerade zu Zurückhaltung und Selbstbeherrschung. Aber seitdem sie Voltaire begegnet war, überwog ihre gute Laune. Sie langweilte sich nicht mehr. Die Bücher, die sie auf Semur gelesen hatte, waren für sie ein zögerlicher Anfang gewesen; in langen, kalten Nächten hatte sie über alten Geometriebüchern gebrütet. Jetzt bestellte sie sich ohne Scheu all die neuen Bücher, die sie lesen wollte.

Sie wollte über Maupertuis reden, Voltaire war aber unkonzentriert; sie drehte sich um, wollte nachschauen, ob sich jemand in ihrer Nähe befand. Aber außer ihnen war niemand im Park, nichts war zu hören außer dem fernen Klappern der Hufe von Pferdekarossen in den benachbarten Straßen. In der Oper würde bald die Abendvorstellung beginnen.

»Sie sind so abwesend, beunruhigt Sie etwas?«, fragte sie ihn schließlich.

»Nein, nein«, sagte er wenig überzeugend. »Aber ich bin froh, dass Sie noch nichts gehört haben!«

Sie verstand nicht, doch bevor sie nachfragen konnte, unterbrach Voltaire sie nervös: »Ich habe bereits Korrektur gelesen und alles wieder zurückgeschickt.«

Émilie erkannte sofort, wovon er sprach: Es ging um die französische Ausgabe der ›Philosophischen Briefe‹. Sie verstand ihn nicht: Begriff er denn nicht, dass er sich mit der Verbreitung dieser Briefe großer Gefahr aussetzte? Es war höchst unklug, diese Schriften in Frankreich zu veröffentlichen: Er studierte darin anhand verschiedenster Themen die Unterschiede zwischen England und Frankreich. Und in diesem Vergleich schnitt sein Heimatland denkbar schlecht ab. Sie hatte ihn vor einiger Zeit schon gedrängt, die Herausgabe in Frankreich bis auf weiteres hinauszuschieben, und sie war davon ausgegangen, dass er ihren Rat befolgt hatte.

»Sie bereiten also alles für eine Veröffentlichung vor? Haben Sie denn vergessen, was Sie mir versprachen? Ich möchte Sie nicht im Gefängnis sehen.«

»Ich muss diese Arbeit einfach abschließen, dann wird man weitersehen.«

»Das Buch soll aber doch nicht wirklich herauskommen, oder?«

»Die französische Ausgabe wird so lange, wie ich es möchte, zurückgehalten werden.« Voltaire schaute sie an und lächelte. Er tat, als sei alles ganz einfach. Doch nach wie vor wirkte er nervös.

»Und das glauben Sie wirklich?«

»Und wenn schon. Es wird keine so große Aufregung mehr geben. Was meine Person angeht, so haben sich die Gemüter doch längst wieder beruhigt.«

Im vergangenen Frühjahr war seine Schmähschrift ›Der Tempel des Geschmacks‹ herausgekommen, ungefähr zur selben Zeit, als sie sich näher kennengelernt hatten. Darin hatte er Frankreichs »Richter des guten Geschmacks« kritisiert, was mutig gewesen war, ihn allerdings in Schwierigkeiten gebracht hatte. Der König und die Kirche würden die ›Philosophischen Briefe‹ nun noch aufmerksamer lesen. Es wäre besser, das Buch ganz auf Eis zu legen, das musste doch auch er begreifen. Es war zum Verzweifeln: Eigentlich wollte er sich mit niemandem anlegen, schaffte es aber trotzdem nicht, es sein zu lassen.

Vielleicht war sie aber auch zu ängstlich. Dieser scharfsinnige, humorvolle und doch auch egozentrische Mann war ihr einfach ans Herz gewachsen – und das Risiko, das er einging, bereitete ihr körperliche Qualen.

Er war es nicht gewohnt, auf andere Rücksicht zu nehmen, doch im Gegensatz zu Émilie war er nicht in der privilegierten Situation, einen festen Platz am Hofe zu haben. Wenn er nur auf sie hören und ihre Ratschläge befolgen würde, dann könnte sie ihm helfen. Sie wusste am besten, wo die Grenzen des Akzeptablen verliefen.

Doch sie schaffte es nie, ihm längere Zeit böse zu sein. Sobald er ihr halbwegs glaubhaft versprach, das nächste Mal auf sie zu hören, verzieh sie ihm.

Wenn sie gewusst hätte, dass er nicht nur die Veröffentlichung seiner ›Philosophischen Briefe‹ vorangetrieben, sondern auch noch einen neuen Text geschrieben hatte, in dem er Pascal, den großen Denker und Stolz Frankreichs, kritisierte, hätte sie ihm diesmal sicher nicht so leicht verziehen.

Erst als die Sonne unterging, bemerkten sie, wie schnell die Zeit vergangen war. Die Blumen glühten noch einmal in satten Farben auf, als hätten sie das letzte Licht des Tages eingefangen. Die Tore würden bald geschlossen werden. Sie mussten nach Hause zurück und trennten sich am westlichen Bogengang, der aus dem Park hinausführte.

Endlich war die Entscheidung gefallen: Richelieu würde heiraten. Voltaire und Émilie hatten sich sehr für diese Ehe eingesetzt. Es war eine gute Partie. Bei Elisabeth de Guise stimmten sowohl der Name als auch das Erbe, sicher zur Freude beider Parteien. Zwar waren derart viele Skandale mit Richelieus Namen verbunden, dass gewisse Bedingungen an die Mitgift ihrer Eltern geknüpft waren, aber man hatte sich geeinigt.

Die Hochzeit feierten sie auf Schloss Montjeu bei Autun. Émilie und Voltaire fuhren gemeinsam hin. Florent hatte seine Zustimmung gegeben, jetzt waren sie offiziell ein Paar. Das Leben war gerade dabei, sich ganz in Émilies Sinne zu entfalten.

Elisabeth und Richelieu schauten sich tief in die Augen, als sie ihr Eheversprechen ablegten, fast so, als wollten sie nicht nur den Augenblick, sondern auch sich gegenseitig festhalten. Beinahe konnte man den Eindruck gewinnen, es wären wahre Gefühle im Spiel. Émilie spürte Tränen in sich aufsteigen. Voltaire musste lächeln. Er schüttelte leicht den Kopf.

Elisabeth war so anders als Émilie. Trotzdem waren sie Freundinnen. Elisabeth hatte nie verstanden, warum Émilie sich mit mathematischen Beweisen beschäftigte; für sie war Newton ein alter, verstaubter Engländer. Doch im Gegensatz zu vielen anderen Frauen redete sie nie schlecht über Émilie; sie nahm ihre Freundin stets in Schutz, wenn diese wegen ihrer vermeintlich »unweiblichen« Neigungen verspottet wurde. Émilie gönnte ihr von Herzen, Richelieu zu bekommen.

Montjeu war ein Paradies. Das Schloss lag völlig frei auf

einer Anhöhe, die Aussicht reichte bis zum letzten blau schimmernden Bergrücken. Am Tag der Hochzeitsfeier wurde es herrlich warm, als wäre auch der Sommer ein geladener Gast, der gekommen war, um ihnen das Beste von dem, was er zu bieten hatte, zu schenken.

Die Gäste gingen im Park spazieren, schlenderten in schattigen Wäldchen umher, blieben stehen, um eine Blume oder die Aussicht zu bewundern, und unterhielten sich. Émilie und Voltaire waren jetzt gemeinsam unterwegs. Wie herrlich und befreiend es doch war, sich der Welt nun offen zeigen zu können. Und wenn sich jemand darüber wunderte, konnte es ihnen gleich sein. Mit Florent auf ihrer Seite waren sie sicher.

Émilie ging ins Schloss, um sich auf den Abend vorzubereiten. Sie war gerade erst fertig angezogen, als die Tür aufging. Es sah Voltaire nicht ähnlich, unangemeldet ins Zimmer zu kommen. Aber er hatte einen guten Grund für sein Hereinplatzen: Soeben war eine Nachricht aus Paris eingetroffen. Er war davon ausgegangen, dass die französische Ausgabe der ›Philosophischen Briefe‹ bei Jore in Rouen in sicherer Verwahrung wäre. Jetzt hatte Jore das Buch entgegen ihrer Abmachung herausgegeben. Der Brief von seinem treuen Freund Argental war per Expresskurier aus Paris gekommen. Jore rechtfertigte sein Handeln damit, dass längst eine Raubkopie im Umlauf sei. Ein Buchhändler, der für Voltaire Korrektur gelesen habe, sei der Schuldige, und Jore wolle nicht der Dumme sein und ruhig dabei zusehen, wie die Einnahmen, mit denen er gerechnet habe, vor seiner Nase verschwänden.

Es gebe ein großes Interesse an dem Buch; Argental habe Erkundigungen eingezogen und herausgefunden, dass es jetzt überall in Paris zu bekommen sei. Anscheinend sei alles sehr schnell gegangen, denn die gedruckte Ausgabe sei unvollständig und fehlerhaft, so der Freund. Er riet Voltaire dringend davon ab, sich in nächster Zeit in Paris blicken zu lassen.

Eine Lösung musste her. Voltaire konnte auf keinen Fall nach Paris zurückkehren, der Meinung war auch Émilie. Die Zensur würde erbarmungslos zuschlagen, das war ihr von vornherein klar gewesen, doch er hatte es trotzdem geschehen lassen. Wollte er denn *unbedingt* in Ungnade fallen?

»Ich dachte, ich könnte Jore vertrauen, so etwas hat er mir noch nie angetan.«

Voltaire schien aufrichtig enttäuscht. Sein Übermut war wie weggeblasen.

»Sie hätten das nicht zulassen dürfen! Ich werde Ihretwegen noch krank vor Sorge!«

»Es tut mir so leid, Émilie, es ist alles meine Schuld. Aber wir müssen jetzt rasch eine Lösung finden.«

Sie erhob sich von ihrem Stuhl vor dem Spiegel und trat ans Fenster. Natürlich würden sie das Problem gemeinsam lösen, davon war sie überzeugt. Die Aussicht vom Fenster aus war wunderschön. Er stellte sich hinter sie, sie lehnte sich gegen ihn, und er drückte sie fest an sich, legte sein Gesicht an ihr Haar, sodass sie seinen Atem spüren konnte. Lange blieben sie so stehen. Sie wollte ihn niemals verlieren.

Sie kamen gerade noch rechtzeitig zum Hochzeitsessen. Es wäre besser, wenn niemand von den anderen Gästen erfahren würde, was passiert war, und sie versuchten, sich nichts anmerken zu lassen. Doch beide waren nachdenklich und unterhielten sich kaum mit den anderen. Viele wunderten sich, denn früher am Tag hatten sie so glücklich ausgesehen, und jetzt saßen sie mit ernsten Gesichtern da.

Gegen Mitternacht, als die Gäste sich zum Feuerwerk versammelten und alle Blicke in den Himmel gerichtet waren, schlichen Émilie und Voltaire sich fort.

Émilie war Cirey eingefallen, sie wusste aber nicht, ob es möglich wäre. Ein Schloss in der Lorraine, Florents Besitz. Wäre das vielleicht ein Versteck für ihren Geliebten?

»Das ist eine glänzende Idee, Émilie, aber am besten wäre es, wenn Sie mich dorthin begleiten.«

»Dann wären Sie nicht sicher.«

Voltaire war wegen ihrer Umsicht gerührt und fühlte sich jetzt etwas besser; sein Mut kehrte langsam zurück.

»Sie könnten doch aber nachkommen?«

Sie schickten einen Kurier ins Feld mit einer Nachricht an Florent, denn es war sein Schloss und er müsste seine Zustimmung geben, bevor Cirey Voltaire als Zufluchtsort dienen konnte.

Mit Florents Einverständnis reiste Voltaire von Montjeu nach Cirey. Das offizielle Ziel war ein Kurort in der Lorraine, wo er von den Magenbeschwerden, die ihn in letzter Zeit immer stärker gequält hätten, geheilt werden sollte. Außer Florent war Émilie die Einzige, die die Wahrheit kannte.

Vier Tage später fielen die ›Philosophische Briefe‹ der Zensur zum Opfer. Ein Bevollmächtigter des Königs erhielt den Auftrag, Voltaire unverzüglich festzunehmen. Doch er kehrte unverrichteter Dinge aus Montjeu zurück: Voltaire sei abgereist, niemand wisse genau, wohin, womöglich sei er krank geworden. Nachdem sich das Gerücht von der bevorstehenden Festnahme verbreitet hatte, war allerdings auch schon einige Zeit vergangen, bis sich der Bevollmächtigte auf den Weg gemacht hatte. Nicht alle Beamten führten die Befehle des Königs unverzüglich und gewissenhaft aus.

Émilie blieb auf Montjeu. Sie schob die Heimreise nach Paris so lange wie möglich auf, um all den Fragen nach Voltaires Verbleib zu entgehen. Richelieu war bereits wenige Tage nach der Hochzeit in die Garnison gefahren, und Elisabeth freute sich, Émilie bei sich zu haben.

Ein Reisender durch die Champagne und die Lorraine, die flache Landschaft, die sich von Paris bis ins Elsass ausdehnt, wäre vielleicht an Cirey-sur-Blaise vorbeigefahren, diesem kleinen, von Wäldern umgebenen Dorf, das nur aus einigen wenigen Häusern bestand. Dort, wo die Landschaft sich zu einer Anhöhe erhob, stand einsam ein Schloss. Zuversichtlich ruhte das Gebäude auf einer sanften Bergkuppe, wie eine organische Form, eins mit der Natur. Die graubraune Farbe vermischte sich mit den umliegenden Äckern. Das Schloss fiel kaum auf, es war nicht besonders schön oder monumental, nur ein etwas größeres Gebäude aus Stein, das man fast vergessen zu haben schien.

Jetzt im Mai zeigten die weichen Wiesen schon ein üppiges Grün, begrenzt nur durch die sie umgebenden Wälder.

Traurig, weil Émilie ihn nicht begleiten konnte, hetzte Voltaire Pferde und Kutscher weiter. Es war sehr großzügig von Florent, ihm Schloss Cirey als Zufluchtsort zur Verfügung zu stellen. Es lag in der Nähe der Lorraine, dem kleinen Reich des polnischen Exilkönigs Stanislaus I., recht praktisch für all jene, die darauf angewiesen waren, die Grenze rasch zu überqueren. Er hoffte darauf, dass Émilie nachkommen würde; sie hatten jedoch kaum Zeit gehabt, alles zu bereden, und so wusste er auch nicht, ob sie es sich überhaupt vorstellen konnte, die Stadt zu verlassen – das ganze gesellschaftliche Leben und die erstklassigen Lehrer, die sie in der Mathematik unterrichteten. Er konnte wohl kaum von ihr verlangen, sich für das Exil zu entscheiden.

Er hatte sich aber längst daran gewöhnt, sein Leben mit

ihr zu teilen, und es überraschte ihn, wie schnell das gegangen war. Er wusste, dass sie sich um ihn Sorgen machte. Und er selbst war erschöpft von all den Problemen, die damit verbunden waren, dem König alles recht zu machen.

Es würde sich bald herausstellen, ob Cirey das Richtige für ihn wäre; er hoffte darauf, dort gut arbeiten zu können, sehnte sich nach Ruhe und Konzentration.

Seit Generationen war das Schloss im Besitz von Florents Familie, seit langer Zeit schon wohnte dort aber niemand mehr. Vierhundert Jahre alt war es, erbaut von Louis Jules du Châtelet auf den Ruinen einer Festung aus noch ferneren Jahrhunderten. Es war *von* einem Mann gebaut worden, und es war sichtlich *für* einen Mann gebaut worden. Also könnte es durchaus das Richtige sein. Viel mehr wusste er nicht von Cirey. Er war abgereist, ohne irgendwelche Vorbereitungen zu treffen. Seine Zukunft war in höchstem Maße ungewiss.

Es war Nacht, als er auf den schmalen Weg abbog, der sich nach Cirey hochschlängelte. Das Schloss empfing ihn in aller Bescheidenheit: ein Quader aus Stein, nur zwei Etagen umfassend, aber mit hohen Fenstern. Eine breite Tür führte direkt auf den Schlosshof hinaus, den Übergang zwischen draußen und drinnen markierte lediglich eine niedrige Stufe.

Die schwere Eichentür wurde geöffnet. Die wenigen Diener, die auf dem Schloss angestellt waren, hatten kaum Zeit gehabt, alles für den Gast vorzubereiten. Die Tür kreischte in den Angeln, dann konnte er einen ersten Blick in eine dunkle Halle werfen. Es dauerte ein wenig, bis sich die Augen an das schwache Licht gewöhnt hatten, doch bald zeichneten sich die Konturen des Raumes ab. Der Mond schien durch die Fenster herein und brachte den matten Glanz des gelblich weißen Marmorbodens zum Vorschein. Das weiße Mauerwerk bot einen deutlichen Kontrast zu den Türen aus dunklem Holz. Als der Diener die Lichter an den Wänden entlang anzündete, wurden auch die finsteren Ecken hell erleuchtet. Das erinnerte ihn ein wenig an England. Voltaire war zufrieden, hier würde er sich sicher wohlfühlen. Wenn aber Émilie beschließen sollte, ebenfalls hier zu leben, müsste die Dienerschaft vergrößert werden.

Die Wandtäfelung aus Eiche, die er in einem der Räume entdeckte, stimmte ihn noch freundlicher. Sie war sicher in späteren Jahren dazugekommen. Das Holz strahlte Wärme und Gemütlichkeit aus, Blumenornamente schmückten die Holzflächen, fast konnte man den Duft eines vergessenen Sommers einatmen. Über der Tür hatte jemand ein Gemälde aufgehängt, das die Naturwissenschaften symbolisierte. Zwei Männer in Miniaturgröße bewunderten ein gewaltiges bewegliches Modell der Erde. Auf einem Sockel neben ihnen stand ein prachtvoller Pokal. Ein Fenster oder ein großes Wandgemälde zeigte den Himmel hinter ihnen, den wirklichen Himmel. Die Männer aber schauten nicht hinaus, sie sahen nur das Modell.

Wer hatte sich die Mühe gemacht und dieses Gemälde ausgerechnet hier aufgehängt? Voltaire spürte eine heimliche Freude, als er feststellte, wie das Wahre, Schöne und Gute in einer einzigen Harmonie aufgingen.

Würden sie hier wohnen können, Émilie und er? Aus der zunächst vagen Vorstellung war ein klarer Gedanke geworden. Er könnte es sich leisten, das Schloss zu renovieren, es auszubauen, sie könnten sogar ein Labor für physikalische Experimente einrichten. Als er von einem dunklen Raum zum anderen ging und mit Émilie in Gedanken ein Gespräch führte, fühlte er sich vollkommen frei. Während des Rundgangs wurden überall Kerzen angezündet, weiße Lichter in silbernen Leuchtern. Voltaire hauchte den Räumen Leben ein: mit gedämpften Worten an sich selbst gerichtet über alles, was sie tun könnten. Er würde Laborausstattung aus Paris und London bestellen, wusste schon, woher er das Beste vom Besten bekommen könnte.

Es war so leicht, an diesem Abend Pläne zu schmieden. Seltsamerweise war er trotz der langen Reise nicht müde. Er hatte philosophische Schriften, Gedichte und Dramen geschrieben, jetzt wollte er die Mathematik und die Physik verstehen und hoffte darauf, dass Émilie ihm beibringen würde, was sie beherrschte. Und dafür benötigten sie einen Ort, an dem sie Versuche durchführen konnten. Die Welt müsste zu ihnen kommen, wenn sie in diesem selbst erwählten Exil bleiben sollten. Er merkte, dass ihm der Gedanke von Émilie und ihm als einer Einheit gefiel.

Mit der Zeit vergaß er den wahren Grund, weshalb er nach Cirey gekommen war. Florent hatte nichts gegen Voltaires Pläne, das Schloss auszubauen, im Gegenteil. Er war fast ein wenig stolz darauf, dass der Verfolgte sich dort anscheinend so wohlfühlte, dass er das Schloss renovieren wollte.

Irgendwann hatte Voltaire aufgehört, auf die entscheidende Nachricht aus Paris zu warten: die Nachricht, dass es für ihn wieder sicher wäre, dorthin zurückzukehren. Das war jetzt gar nicht mehr sein Wunsch, diese glitzernde Stadt raubte ihm doch nur kostbare Zeit. Er mochte die Ruhe auf Cirey, hier konnte er konzentriert arbeiten. In seinen täglichen Briefen an Émilie schwärmte er von den Geräten für ihre Versuche, die er bereits bestellt habe.

Der neue Seitenflügel, der das Schloss vergrößern sollte, wurde – angepasst an das Haupthaus – in einfachem Stil gebaut. Voltaire schwebte vor, dass die Tür mitten an der Längsseite besonders schön und ausgefallen sein sollte. Er stellte die besten Handwerker ein, die er in dieser Gegend bekommen konnte, und ließ sie nicht aus den Augen. Die Tür wurde von einem Bogen mit Glaseinsätzen umkränzt; sie selbst war über und über verziert. In einem Relief aus Stein neben der Tür wollte er seine Wünsche für diesen Ort zum Ausdruck bringen, für die Pläne, die er für sein gemeinsames Leben mit Émilie hatte. Vielleicht würde sie sich davon überzeugen lassen, hier mit ihm zu wohnen? Auf der einen Seite der Tür wurden geschnitzte Muscheln und die beiden Gesichter Neptuns, im wachen Zustand und im Schlaf, angebracht. Das Leben aus dem Meer, die perlmuttschimmernden Muscheln, die das Geheimnis von der Perfektion der Natur in sich trugen. Auf der anderen Seite der Tür hatte man mit behutsamer Hand astronomische Geräte, einen Kompass, geometrisches Zubehör, Federhalter und Tintenfass herausgemeißelt. Die Malkunst wurde von einer Palette repräsentiert, ein Kopf stand für das Denken, ein Messer für den Bildhauer und eine Harfe für die Musik. Zusammen genommen versinnbildlichten sie die Freuden des Denkens und Erschaffens; gleichzeitig waren sie ein Versprechen seinerseits, dass Émilie niemals etwas von dem, was sie für ihn getan hatte, bereuen würde.

Voltaire stand draußen in der Abenddämmerung und bewunderte die Tür, die im Licht der untergehenden Sonne beinahe lebendig aussah. Jetzt wollte er hineingehen und dieser Frau, der er sich von Tag zu Tag stärker verbunden fühlte, einen langen Brief schreiben, den er noch heute Abend abschicken würde. In einigen Tagen, wenn Émilie eines Morgens in Paris erwachte, würde der Brief auf sie warten, und sie würde die Stimmung, in der er seine Zeilen verfasst hatte, sofort erspüren. Er ging hinein, setzte sich an den großen Eichentisch mit Aussicht auf das Tal und die Felder, suchte Papier und Feder heraus und begann zu schreiben.

Geliebte Émilie, hier können Sie leben und denken. Hier können wir das freie Leben finden, frei von allem, was uns einengt …

In den Straßen von Paris war es heiß, und es herrschte eine seltsame Stille, als warte die Stadt darauf, was Émilie jetzt tun würde. Ohne Voltaire wollte ihr nichts so recht von der Hand gehen. Wie hatte sie nur die Tage verbracht, bevor sie ihm begegnet war? Die Zeit verging trotz allem, kleine Ausflüge mit den Kindern und Briefe von Voltaire füllten die Stunden des Tages mit Inhalt. Doch bald musste sie das Pendel wieder in Gang setzen, Dinge wieder ins Rollen bringen.

Gabrielle und Florent Louis gingen gern mit ihr in den Tuileriengärten spazieren. Émilie war überrascht darüber, wie erwachsen sie in letzter Zeit geworden waren, sie konnte sich mit ihnen richtig unterhalten, und sie genoss es, mit ihnen zusammen zu sein. Sie wussten, wer Voltaire war, und als Émilie erzählte, dass er im Schloss ihres Vaters wohne, hörten sie aufmerksam zu und stellten viele Fragen. Auch die Kinder waren glücklich, so viel Zeit mit ihrer Mutter verbringen zu dürfen, und achteten streng darauf, sie nicht zu langweilen.

Irgendwann spürte Émilie, dass die Zeit für eine Entscheidung gekommen war. Wenn sie sich dazu entschließen sollte, nach Cirey zu gehen, könnte sie Florent Louis mitnehmen. Gabrielle hatte inzwischen das Alter erreicht, um auf die Klosterschule geschickt zu werden.

Der Kleinste war noch immer bei einer Amme außerhalb von Paris. Der Junge war schwach, wollte nicht essen, und als sie die Nachricht von seinem Tod erhielt, kam das für sie nicht mehr überraschend – und änderte doch nichts an ihrer Trauer.

Mit der Post kam auch ein Brief von Voltaire. Er erzählte

darin von der Landschaft, so wie er sie von seinem Platz am Schreibtisch sah, und malte sich aus, wie es wäre, wenn sie beide zusammen dort wären. Wie gern wollte er sie überreden, zu ihm zu kommen, denn er glaubte, ihre Wünsche verstanden zu haben, ihre Träume zu kennen.

Auch sie sehnte sich sehr nach ihm, er war ja schon vor Monaten nach Cirey abgereist. Doch die Entscheidung, mit jemandem zusammenzuleben, mit dem man nicht verheiratet war, das war etwas gänzlich anderes als ihre kleinen, geheimen Affären, mit denen sie ihr Leben bisher gewürzt hatte. Das hier war ernst. Und würde sie nicht auch den Glanz der Oper vermissen? Das Theater, die Intrigen, die Kostüme, den grandiosen Gesang und all die Leidenschaft auf der Bühne? Das alles liebte sie sehr. Könnte sie in einem Schloss wohnen, das jeden Tag von dreißig Feuerstellen aus geheizt werden müsste? Der Winter dort war hart, kalt und einsam. In Paris herrschte das Leben. Diese Stadt bot so vieles, das ihr wichtig war. Die Erkenntnisse der Wissenschaft, die Gedanken der Aufklärung, all das Neue strömte vom Zentrum aus, von Paris. Wenn aus ihr etwas werden sollte, müssten die anderen erfahren, wer sie war.

Oder machte sie es sich selbst zu schwer? War die Antwort einfacher, als sie glaubte? Auch ein kompliziertes Uhrwerk war beim äußeren Betrachten nicht gerade verständlich: all die Schrauben und Räder, die perfekt ineinandergriffen, die gleichmäßige Bewegung der Zeiger. Und doch wurde dieses ganze Gewimmel von den Schlägen eines einzelnen Pendels gesteuert. So hatte Newton es erklärt. Gott hatte die Uhr aufgezogen, jetzt lief sie von selbst. Das Pendel war die Gravitation, die universelle Kraft, die alles zusammenhielt. Émilie wollte tiefer in diese Materie eintauchen, wollte Antworten finden auf all die Fragen, die sie schon so lange in sich trug.

Wie würde es nun mit ihr und Voltaire weitergehen? Sie hatte Richelieu gebeten, mit Florent zu sprechen. Wenn ihr Ehemann dagegen wäre, könnte sie ohnehin nicht nach Cirey ziehen.

Florent aber hatte nichts dagegen, jetzt hing also alles von ihr ab. Er hatte verstanden, dass sie einsam war, wenn er den größten Teil des Jahres unterwegs war. Im Namen der Familie stellte er nur zwei Bedingungen: dass sie bei Bedarf die Familie repräsentiere und außerdem nichts tue, was die Erbfolge, das Erbe und das Verhältnis zu ihren gemeinsamen Kindern gefährden könne.

Bevor sie jedoch nach Cirey fuhr, wollte sie für eine Weile ihren Unterricht mit Maupertuis wieder aufnehmen; zu viel Zeit hatte sie schon mit Elisabeth auf Montjeu vergeudet, und wäre sie erst auf Cirey, könnte es schwierig werden, einen Lehrer zu finden. Doch Maupertuis war in der Zwischenzeit zu einem viel beschäftigten Mann geworden, wie sie seinen Briefen entnehmen konnte: Der hervorragende Wissenschaftler wollte ihr nun keinen Unterricht mehr erteilen; er sei mit vielerlei Projekten beschäftigt und habe wenig Zeit. Sie tat ihr Möglichstes, ihm noch einige Unterrichtsstunden abzuringen, doch er lehnte höflich, aber bestimmt ab. Er gab ihr den Rat, mit Alexis-Claude Clairaut Kontakt aufzunehmen, seines Zeichens ebenfalls Mathematiker und Physiker.

Sie konnte ihn ja verstehen. Sie war sich auch darüber im Klaren, dass sie eine anspruchsvolle Studentin war, die mit ihren Fragen immer tiefer in die Materie eindringen wollte. Doch ohne Zweifel war Maupertuis der beste Lehrer weit und breit, daher hatte sie gehofft, dass er sie in die vielen Geheimnisse der Naturwissenschaft einweihen würde. Umso größer war ihre Enttäuschung, als ihr klar wurde: Er hatte Besseres zu tun, als eine Frau mit ungewöhnlichen Interessen zu unterrichten.

Das Dorf lag auf einer Anhöhe einige Kilometer östlich von Paris, die Luft dort war besser als unten in der Stadt. Hier trafen sich die jungen Wissenschaftler. Das dreistöckige Steinhaus, das Maupertuis gemietet hatte, war zum Treffpunkt für diejenigen geworden, die die neuen Wissenschaften verehrten und außerdem nicht mehr daran glaubten, dass Descartes allein den Schlüssel zur Wahrheit besäße. Sie alle versammelten sich oft in diesem Salon. Hier oben war alles freier, weit entfernt von jeder Zensur.

Vielleicht würde sich herausstellen, dass sie umsonst nach Mont-Valérien gefahren war. Aber zu Maupertuis' wissenschaftlichem Kreis hier oben hätte man sie nie eingeladen, der innere Zirkel war Frauen grundsätzlich versperrt. Also hatte sie selbst die Initiative ergriffen. Es gehörte sich zwar nicht, unangemeldet irgendwo aufzutauchen, schon gar nicht in Paris, aber gerade jetzt hatte sie keine Zeit für solche Feinheiten. Von Angesicht zu Angesicht wollte sie Maupertuis dazu bewegen, seine Meinung zu ändern. Sie brauchte sein Wissen, und sie wollte Unterricht von ihm.

Er hatte Gäste, die Gesellschaft junger Männer wollte sich gerade zu Tisch begeben. Ihre Ankunft erregte jedoch kaum Aufsehen, denn es war nicht das erste Mal, dass Émilie an Männerrunden teilnahm. Sie nahm neben Francesco Algarotti Platz, dem jungen italienischen Forscher und Newton-Spezialisten, den sie bislang nur dem Namen nach gekannt hatte. Und zu ihrer Freude war auch Clairaut dort.

Maupertuis und seine Männer hatten sich an diesem Abend versammelt, um ihre Expedition nach Lappland zu planen. Die Akademie der Wissenschaften hatte Maupertuis den Auftrag erteilt, zu untersuchen, ob die Erde an den Polen tatsächlich abgeplattet war, wie es Newton behauptet hatte. Für die Akademie war Descartes noch immer der größte

Denker. Für ihn und die Anhänger seiner Lehre war die Erde eine perfekte Kugel, und an dieser Tatsache, mit der man nun schon so lange lebte, hatte man eigentlich überhaupt nicht rütteln wollen – schon gar nicht, da ein Engländer dahintersteckte. Dennoch: Es war wohl an der Zeit herauszufinden, wer recht hatte.

Sollte es ihnen gelingen, weit genug in den Norden zu gelangen, würden Messungen der Erdkrümmung zeigen, ob Newton recht hatte oder nicht. Wenn ein Grad, am Meridian entlang gemessen, dort tatsächlich länger wäre als in Paris, hätte man den Beweis dafür, dass die Erdkugel an den Polen abgeplattet war.

Um den Tisch herum herrschte eine gespannte Stimmung: Das wäre das Ende des seit fünfzig Jahren andauernden Widerstands gegen Newtons Lehre – und ein Sieg für die Aufklärung. Es ging hier schließlich nicht allein um physikalische Gesetze. Die Gravitation war die Antwort auf die Frage nach der Ordnung des Universums. Den meisten Denkern fiel es schwer, sich von den vertrauten Vorstellungen zu lösen, und etliche von ihnen wehrten sich dagegen, dass die Rolle Gottes hier so schändlich reduziert würde. Dass Descartes ein leuchtender Denker sei, einige seiner Theorien aber in Sackgassen führten, darin waren sich die versammelten Wissenschaftler längst einig. Und dass die Erde von Stromwirbeln mystischer Substanzen getragen und gedreht würde, war für sie eine Behauptung, die lange genug der modernen Wissenschaft den Weg versperrt hatte. Newtons Gesetze dagegen zeigten, dass das Universum mit mathematischen Formeln erklärbar war.

Die Wahrheit würde siegen, diejenigen, die sich heute hier versammelt hatten, waren sich dessen sicher. England und Holland hätten es eingesehen, und Frankreich dürfe sich nicht länger der neu gewonnenen Erkenntnisse verschließen. Émilie wusste, dass Maupertuis und die Männer in diesem

Raum recht hatten, sie selbst hatte Newtons ›Principia‹ in kompliziertem Latein gelesen. Doch sie wurde ganz nervös, wenn sich die Wissenschaftler auf diese Weise unterhielten, so unvorsichtig, so provozierend. Hatten sie denn keine Angst vor der Zensur? Deren Arme reichten zur Not auch bis hier oben.

Etwas Entscheidendes ging in diesem Raum vor, und Émilie wollte daran teilhaben. Sie wollte mehr, als nur diejenigen bewundern, mit denen sie das Wissen längst teilte. Doch vermutlich würde sie in dieser Runde erst unter Beweis stellen müssen, dass sie ihrer würdig war.

»Vielleicht ziehe ich für eine Weile nach Cirey, ich vermisse Voltaire. Er baut für mich ein Labor, und ich habe mir überlegt, ob ich mich dort vielleicht niederlassen sollte.«

Warum erzählte sie Maupertuis das? Sie begann zu schwitzen und tupfte sich die feuchte Oberlippe mit der Serviette ab. Hier drinnen war die Luft zum Schneiden.

Maupertuis hatte inzwischen erfahren, dass der König Voltaire wieder in Gnaden aufgenommen hatte – das Exil war aufgehoben. Es sei aber in Paris allgemein bekannt, dass er sich dennoch dafür entschieden habe, auf Cirey zu bleiben.

»Ich hätte mich auch gern an einen solchen Ort zurückgezogen, um zu arbeiten, ich beneide Sie!«, sagte Maupertuis.

»Voltaire fühlt sich dort wohl, ich weiß aber nicht, ob es auch für mich das Richtige ist.«

»Aber Sie könnten dort zusammen arbeiten. Er wird Ihnen guttun.«

Maupertuis erhob sein Glas und prostete jemandem auf der anderen Seite des Tisches zu.

»Aber ich möchte weiterhin studieren, die neuesten Erkenntnisse auf dem Gebiet der Naturwissenschaften mitvollziehen, Teil davon sein – so wie Sie alle auch. Ich weiß nicht, ob ich das alles für Cirey aufgeben soll«, erwiderte Émilie.

»Wenn ich aus dem Norden zurückkehre, werde ich Sie vielleicht besuchen«, sagte er und nahm einen Schluck aus seinem Glas.

Émilie seufzte. »Sie waren mein bester Lehrer.«

»Ich habe nun mal den Auftrag zu dieser Expedition bekommen, Sie wissen, worum es geht. Clairaut begleitet mich. Das wusste ich nicht, als ich Ihnen empfahl, sich an ihn zu wenden. Aber ich kann Ihnen andere Namen nennen, die Sie unterrichten könnten. Sie sind schon so weit gekommen, Sie dürfen jetzt nicht aufgeben.«

Neben ihr auf der anderen Seite saß Clairaut, er lauschte den Worten, die gesprochen wurden, nickte, schwieg eine Weile. Dieser Mann dachte immer lange nach, bevor er etwas sagte.

»Nach der Expedition komme ich gern nach Cirey, um Sie zu unterrichten«, meinte er schließlich.

Dann tauchten sie ein in ein Gespräch über die Mathematik, diese schöne und vollkommene Sprache, mit der sich die Natur in ihrer ganzen Komplexität beschreiben ließ. Doch Émilies Enttäuschung war groß. Maupertuis würde ihr also keine weiteren Unterrichtsstunden erteilen. Sie würde nicht Teil dieses Zirkels werden, sie würde niemals an einer Expedition teilnehmen können.

Maupertuis erhob sich und klopfte leicht gegen sein Glas. Ein Raunen ging durch den Raum, dann wurde es still. Er sprach lange, feuerte sie an und schlug schließlich den Bogen zwischen der geplanten Expedition und Émilies beabsichtigten wissenschaftlichen Studien auf Cirey.

In anderen Kreisen hätte man es als skandalös angesehen, wenn eine Frau mit ihrem Liebhaber zusammenwohnte, hier applaudierte man. Die Männer im Raum waren erfüllt von dem Abenteuer, das sie erwartete, und es fiel ihnen daher leicht, Émilie Respekt zu erweisen. Sie aber sollte sich damit abfinden, auf einen Lehrer zu verzichten, weil sie alle Besseres zu tun hatten?

Alle Augen waren jetzt auf sie gerichtet, der Expeditionsleiter brachte einen Toast aus: auf die Expedition und auf Émilie. Sie nahm ihr Glas und trank ihnen zu – nur mühsam unterdrückte sie ihre Aufregung, ihren Zorn und ihren Neid.

Erst im Morgengrauen verließ sie die Gesellschaft. Der Tag brach schon an, denn sie hatten lange über die Expedition diskutiert: über die Kälte, die Strapazen und die Resultate, mit denen sie nach Paris zurückkehren würden. Nun brauchte sie sich nicht länger Hoffnung zu machen: Maupertuis stand ihr definitiv nicht mehr zur Verfügung. Sollte er ihretwegen also verreisen – und den Absolutismus in seine Schranken weisen.

Sie hatte den Kutscher gebeten anzuhalten. Sie wollte in die Tuileriengärten. Hier war sie als Kind zusammen mit ihrem Vater spazieren gegangen. Wäre er je der Meinung gewesen, sie vernachlässige ihre häuslichen Pflichten? Émilie wollte aber etwas tun, was sie überleben würde, und selbst wenn ihr Traum eine Illusion war, wollte sie sich diese Illusion erhalten. Am Hofe und in den Salons würden sie ohnehin sagen, sie benähme sich wie ein Mann.

Sie blieb an einem Beet mit Frühlingsblumen stehen und ging in die Hocke, um die Kronblätter zu studieren. Als sie auf die Staubgefäße hinunterblickte, hatte sie das Gefühl, in eine winzige Miniaturwelt zu schauen. Newton hatte ihr gezeigt, dass es einen Zusammenhang zwischen dem Kleinen und dem unendlich Großen gab, dass dieselben Kräfte alles überall beeinflussten, auf der Erde, in der Luft, im Weltall. Es gab eine universale Kraft, die auf alles einwirkte, eine Kraft, die für alle gleich war, über die niemand bestimmen konnte.

Émilie brauchte nicht in die Welt hinauszuziehen, um diese große Wahrheit zu begreifen.

Denis Diderots programmatische Erklärung in der Einleitung zu seiner ›Enzyklopädie‹ brachte das alles auf den Punkt. Er wollte die Kraft der neuen Entdeckungen für politische Zwecke nutzen. Das war auch das Motiv Voltaires, was sein Interesse für die Naturwissenschaften betraf. Er wollte sie einsetzen, um für alles, woran er glaubte, zu kämpfen: für Freiheit und Aufklärung der Menschen. Es war aber gefährlich, die Wissenschaft im Dienste der Politik einzusetzen, und Émilie hoffte, dass man die Sprache der Mathematik für sich allein sprechen lassen würde; es war unnötig, die Mathematik als Bild für die Gesellschaft heranzuziehen. Sie war immer der Meinung gewesen, dass der Drang, die Modelle der Natur auf die Gesellschaft übertragen zu wollen, etwas rührend Naives hatte.

Die meisten Wege zu Ruhm und Ehre waren dem weiblichen Geschlecht verschlossen. Durch ihr Studium aber war Émilie über die Hindernisse, die ihr in den Weg gelegt worden waren, erhaben. Das erste Bild, das sie sich von der Wissenschaft hatte machen können, waren die Zeichnungen, die sie in Euklids Geometrielehre gefunden hatte. Jetzt versuchte sie, sich diese Kräfte vorzustellen. Sie hatte viel Zeit darauf verwendet, Newtons Werk zu lesen, aber es gab immer noch so vieles, das sie nicht verstanden hatte, in das sie tiefer eindringen wollte. Plötzlich kam ihr ein Gedanke: Sie könnte diejenige sein, die Newtons ›Principia‹ aus dem Lateinischen ins Französische übersetzte – keine Zusammenfassung, keine vereinfachte Version, von denen es schon so viele gab, sondern das ganze Werk, mit ihren eigenen Erklärungen. Ja, das wäre eine Aufgabe! Der Gedanke traf sie wie ein Blitz. Sie erhob sich, und sofort wurde ihr schwindelig. Die Idee war ungeheuerlich – aber war es denn unmöglich?

Sie würde sich eben allein um ihre Ambitionen kümmern und selbst bestimmen, welchen Weg sie einschlagen wollte. Und auf diesem Weg wollte sie Blumen säen. Sie ging zum Tor zurück und stieg in den Wagen, der auf sie gewartet hatte.

Die Fahrt dauerte lange, das Pferd war müde, und der Kutscher wollte das Tier nicht unnötig antreiben. Mitten in der Seine streckte sich Notre-Dame düster dem Himmel entgegen. Der Wagen hielt vor dem Haus in der Rue des Bons-Enfants. Sie ging leise hinein, um diejenigen, die dort schliefen, nicht zu wecken.

Das Holz der Galerie, die auf Cirey den größten Teil der zweiten Etage einnahm, stammte aus dunklen Eichenwäldern. Wenn das Feuer aus dem gewaltigen Kamin am Ende des Raumes das Holz erleuchtete, verwandelte sich das Labor in eine verlockende, mystische Höhle. Das Holz war verziert mit fein geschnitzten Intarsien; es duftete leicht nach vergangenen Jahrhunderten, die dem Holz seinen dunklen Glanz verliehen hatten. Das alte Schloss, erbaut in einer Zeit, die noch von gänzlich anderen Denkmustern geprägt war, war jetzt zu einem Ort für moderne Gedanken geworden, zu einem Ort, der die Bewohner und ihre Gäste erfreute.

Arbeitstische und Marmorregale hatten aus der ehemaligen Galerie ein Labor gemacht, mit viel Platz für Geräte, die für physikalische Experimente vorgesehen waren: Glaskolben für Messungen, Krüge mit Pulver und Flüssigkeiten in kleinen braunen Glasflaschen, hydrostatische Gewichte, Apparate, mit denen sich Luft komprimieren ließ, Vorrichtungen, um die Bahn einer Kugel im freien Fall zu messen, oder Messinggewichte, die an einem Holzklotz befestigt werden konnten, um die Reibung zu messen.

Die Laborausstattung hatten sie bei Jean-Antoine Nollet in Paris bestellt. Er war der Beste, hatte aber seinen Preis. Die zerbrechlichen Geräte aus Glas hatten sie behutsam aus dem Papier gewickelt. Die größten Apparate wurden in gewaltigen Holzkisten geliefert. Nach Émilies Ankunft auf Cirey war es für sie eine Freude gewesen, das Labor einzurichten. Sie und Voltaire hatten es gemeinsam geplant, waren sich darin einig, dass Rechnen, Lesen und Denken allein nicht genug wären; sie wollten selbst Experimente durchführen können.

Hier hatte Émilie für sich einen Zugang gefunden. Voltaire hatte damit begonnen, Cirey umzugestalten, jetzt machte sie weiter. Das Labor war ein Symbol dafür, dass ein neues Kapitel in ihrem Leben unmittelbar bevorstand. Ihr Plan würde gelingen, das spürte sie. Hier gab es eine Welt in Miniaturgröße, die all das beinhaltete, was sie benötigte, um sich mehr Wissen anzueignen.

So versteckte sich Émilie vor dem strengen Auge der Akademie, die alle Disziplinen der Wissenschaft beaufsichtigte. In Frankreich war alles anders geregelt als bei den Nachbarn auf der anderen Seite des Kanals. Dort ergriffen interessierte Männer selbst die Initiative, brauchten nicht erst um Erlaubnis zu bitten, suchten die Gesellschaft anderer Männer mit denselben Interessen. Theoretisch gesehen stand die Royal Society jedem offen, der sich Wissen angeeignet hatte. Viele waren der Meinung, dass in Frankreich die experimentelle Wissenschaft nicht so weit wie in England gekommen sei, wo Newton der Pionier gewesen war, wenn es darum ging, Wissenschaft und Religion zu trennen, obwohl er selbst ein gottesfürchtiger Mann war. Die französische Akademie der Wissenschaften wurde dagegen vom Staat organisiert, weil ein absoluter Monarch stets darüber im Bilde sein wollte, wer was dachte beziehungsweise zu wissen glaubte.

Die Akademie war der festen Überzeugung, dass sich aus reiner Denkanstrengung heraus Schlussfolgerungen ziehen ließen. Es sei zu riskant, die Natur zu studieren und Beispiele für eine mögliche Hypothese zu sammeln. Das könnte schließlich jeder tun, und somit könnte der Erfahrungswissenschaft eine rebellische Kraft entwachsen.

Mit einem gut ausgestatteten Labor begannen Émilie und Voltaire mit ihren Experimenten, ohne Zensur und ohne Einmischung von außen. Das Wissen, das Gott einigen wenigen Auserwählten gegeben hatte, war eine Geschenk, darum war es ihre Pflicht, den Dingen auf den Grund zu gehen und das noch Unbekannte ans Licht zu bringen.

Émilie hatte sich endgültig für Cirey entschieden, und sie bereute es nicht. In Voltaires Nähe wusste sie, wer sie war. Zwischen ihnen gab es etwas, das sie bei aller Verschiedenheit miteinander im Einklang sein ließ. Sie hatte ihre Zweifel gehabt, war durcheinander gewesen, doch jetzt war sie eine glückliche Frau. Am Abend ihrer Ankunft auf dem Schloss war der Tisch im Speisesaal gedeckt worden, der eigentlich zu groß für zwei Personen war. Voltaire wollte diesen ersten Abend ganz besonders gestalten. Wie er auf sie gewartet, wie sie sich nach ihm gesehnt hatte! Die Liebe, die sie verband, war in jedem einzelnen Wort, in jeder Berührung spürbar. Sie war vollkommen, das sah Émilie jetzt ganz deutlich.

Sie hatte die Bauarbeiten begutachtet, die er sowohl draußen als auch drinnen veranlasst hatte. Die Theaterbühne im Dachgeschoss wäre bald fertig. Einen Teil der Laborausstattung hatte er schon vor ihrer Ankunft bestellt, aber nicht genau gewusst, was sie haben wollte, und sie vervollständigte den Bestand.

Nach dem Essen waren sie hinausgegangen zu dem kleinen Fluss, der durch den unteren Teil des Gartens floss. Voltaire hatte einen Handwerker aus dem Dorf damit beauftragt, am Fluss einen Sitzplatz für Émilie zu schaffen, und jetzt stand eine schöne Holzbank unter den beiden großen Eichenbäumen, deren Zweige sich über das Wasser neigten. Es gab eine Brücke, über die man den Fluss überqueren konnte, doch das Holz war in schlechtem Zustand. Voltaire hatte vor, die Brücke durch eine neue ersetzen zu lassen. Sie ließen sich auf der Bank nieder. Der Abend war ein wenig kühl, und Émilie zog ihren Schal fester um die Schultern. Voltaire hatte ein Manuskript dabei, aus dem er ihr nun vorlas. Es war ein

Dialog aus einem Stück, an dem er gerade arbeitete. Er war unzufrieden mit dem Text, fand ihn überfrachtet, vermochte jedoch nicht zu sagen, wo der Fehler lag, und brauchte ihren kritischen Rat. Sie schmiegte sich eng an ihn und lauschte seiner Stimme. Wenn der Text überhaupt verändert werden müsste, so war sie zumindest in diesem Moment nicht in der Lage, etwas dazu zu sagen. Im Augenblick war alles gut, so wie es war.

Voltaire hatte versprochen, seine Kontakte zu nutzen, um jemanden zu finden, der bei ihnen wohnen würde, um Émilie zu unterrichten. Er hoffte, von ihr wiederum so viel wie möglich zu lernen. Doch den ersten Lehrer, der nach Cirey kam, fand sie selbst. Es war der junge Italiener Algarotti, der ihr bei Maupertuis begegnet war. Als sie erfahren hatte, dass er nun doch nicht an der Expedition teilnahm, hatte sie ihm sofort einen Brief geschickt. Ob er zu ihr kommen könne, um ihr mehr Mathematik beizubringen?

Der dreiundzwanzigjährige Marquis war sehr vermögend und außergewöhnlich begabt, sehr erfahren in der Geometrie und in den Sprachen. Er blieb mehrere Wochen bei ihnen. Sie führten anregende Diskussionen; auch er beschäftigte sich mit Newton.

»Was sagen die Mitglieder der Akademie?«, fragte Émilie.

»Sie können nicht länger bestreiten, dass Newton recht hat, alle reden jetzt von ihm. Von dem Licht, das von der anderen Seite des Kanals kommt.«

Algarotti plante, eine vereinfachte italienische Fassung von Newtons Lehre herauszugeben, insbesondere für Damen. Zurzeit war Newton das beliebteste Gesprächsthema in den Salons. Er fragte, was sie von der Idee halte.

»Das ist nichts für mich«, gab sie ihm zur Antwort. »An einer vereinfachten Ausgabe habe ich persönlich kein Interesse. Doch viele werden sich über ein solches Buch freuen, denn es ist nicht gerade leicht, Newton zu verstehen.«

Das inspirierte Voltaire dazu, mit einer französischen Einführung zu dem populären englischen Wissenschaftler zu beginnen. Seit dem frühen Morgen damals in den Tuileriengärten war in Émilie langsam der Plan herangereift, die ›Principia‹ ins Französische zu übersetzen, und jetzt hielt sie den Moment für gekommen, damit zu beginnen. Dafür brauchte sie Algarottis Wissen, damit sie wirklich alles verstand, sowie große Ausdauer, aber die hatte sie. Mehrere Stunden täglich rechneten und diskutierten sie miteinander.

Das Schloss hatte einen neuen Flügel bekommen, in dem Voltaire seinen persönlichen Salon eingerichtet hatte. Es war ein langgezogener Raum mit großen Fenstern an den Längsseiten. Während des Vormittagstees diskutierten sie über Religion, studierten und interpretierten Texte aus der Bibel und schrieben ihre Kommentare dazu nieder. Die Religion hatte großen Einfluss auf die Menschen, und die religiöse Zensur war ein Hindernis für die Aufklärung. Für Voltaire und Émilie war nichts selbstverständlich, sie wollten selbst herausfinden, ob ihre Argumente schlagkräftig waren.

Nachdem sie die Bibel kommentiert hatten, machten sie mit anderen Schriften weiter, insbesondere mit philosophischen Werken. Sie bestellten alle Neuerscheinungen, die sie interessierten, und ihre Büchersammlung wuchs rasch an.

Émilie mochte die langen Abende auf Cirey, an denen sie über ihre Pläne sprachen, den Umbau, literarische Projekte und Übersetzungsvorhaben. Unbekümmert wechselten sie von einem Thema zum anderen. Beide waren sie Teil der Zukunftspläne des jeweils anderen geworden; das war eine Tatsache, die niemand mehr in Frage stellte. Sie blieben des Nachts gern lange auf, keiner von ihnen brauchte viel Schlaf.

In diesen Stunden arbeiteten sie manchmal konzentriert Seite an Seite; dann wieder zogen sie sich in ihre jeweiligen Räumlichkeiten zurück, um den anderen in Ruhe schreiben und nachdenken zu lassen.

Ihr privates Zimmer hatte Émilie im alten Teil des Schlosses, dort fühlte sie sich bei der Arbeit am wohlsten. Sie rechnete die Beweise in Newtons ›Principia‹ durch, so wie es Algarotti ihr gezeigt hatte. Paris vermisste sie nicht im Geringsten.

Florent Louis war mit Émilie nach Cirey gekommen, was auch im Sinne seines Vaters war. Man holte Linant, einen alten Freund Voltaires, nach Cirey, um den Jungen zu unterrichten. Die Tochter Gabrielle ging inzwischen auf eine Klosterschule, nicht weit von Cirey entfernt, damit das Mädchen öfters zu Besuch kommen konnte.

Sie stellten noch ein paar Diener ein und eine zusätzliche Hilfe für die Küche. Es wäre sonst kaum möglich gewesen, Gäste zu empfangen. Sie fanden auch einen weiteren Mann für den Stall. Émilie liebte es, Ausritte in die umliegenden Wälder zu machen, und kaufte zwei neue Pferde.

Schließlich wurde auch die Theaterbühne im Dachgeschoss fertiggestellt. Es würde eine Herausforderung werden, Voltaires Stücke auf der kleinen Bühne zu inszenieren, denn in seinen Stücken gab es immer viele Rollen zu besetzen. Sobald mehrere Gäste kämen, war die Premiere von ›Alzire‹ vorgesehen, einem Stück, das Voltaire auf Cirey geschrieben hatte. Sie überlegten sich schon, wer für welche Rolle geeignet sein könnte. Auf jeden Fall würden die Diener mit dabei sein, natürlich auch die Kinder, und sicher würde sich jemand aus dem Dorf darüber freuen, eine Einladung ins Schloss zu erhalten.

Wenn er durfte, ritt der Sohn mit Émilie aus, er war schon jetzt ein guter Reiter. Dann begleitete Voltaire sie zum Stall und sah ihnen nach, wie sie von dannen zogen. Er redete ständig von ihrer gemeinsamen Arbeit im Labor und sah es nicht gern, dass sie lange fortblieb, so gefesselt war er von der Arbeit. Um Versuche durchführen zu können, war er von ihrem Wissen abhängig. So sah er jeder neuen Stunde im Labor mit Freude und Ungeduld entgegen.

Oben auf dem Pferderücken fühlte Émilie sich wohl, dort konnte sie ihren Gedanken freien Lauf lassen. Sie betrachtete die Natur, in der sie Symmetrien und Muster entdeckte, perfekter als ein Mensch sie je hätte erschaffen können. Wenn ihr Sohn dabei war, ritten sie Seite an Seite, und sie nahm sich Zeit, ihm Dinge zu erklären, die für ihn nützlich sein konnten. Während dieser Ausritte war sie glücklich: Alles, was sie brauchte, hatte sie um sich, und sie genoss die Vorfreude darauf, Voltaire zu sehen, wenn sie von ihrem Ausflug zurückkehrten. Meistens kam er ihnen entgegen. Dann wusste sie, dass er die Pferde gehört und das, womit er sich gerade beschäftigte, augenblicklich unterbrochen hatte, weil er es nicht erwarten konnte, sie zu sehen.

Das große Fenster in der Bibliothek war von Bücherregalen eingerahmt. Die Bücher standen dicht aneinandergereiht, ein weiches Licht fiel auf sie. Die Landschaft draußen ruhte in der Abendsonne. Leise, aber deutlich sprach die Natur zu Émilie, flüsterte ihr etwas zu über die verborgenen Rätsel, über das, was noch niemand entdeckt hatte. Sie hatte sich vorgenommen, das vollständige Muster, von dem sie im Augenblick lediglich Bruchstücke erahnen konnte, aufzudecken.

Die französische Akademie der Wissenschaften hatte einen Wettbewerb ausgeschrieben. Die Aufgabe bestand darin, herauszufinden, was Feuer sei. Niemand hatte es bisher geschafft, das Rätsel des Feuers zu lösen, niemand wusste, was Wärme eigentlich war, welche Eigenschaften sie besaß.

Voltaire wollte die Gelegenheit dazu nutzen, intensiv auf diesem Gebiet zu forschen und seine Ergebnisse in einer umfangreichen Arbeit darzulegen, die er anschließend bei der Akademie einreichen wollte. Von Émilie brauchte er jede Hilfe, die er bekommen konnte. Endlich würden sie das Labor richtig nutzen.

Derweilen schmiedete Émilie ihre eigenen Pläne. Wenn sie mit Voltaires Versuchen fertig wären, würde sie ihre eigenen Beobachtungen anstellen. Sie wollte bei dem Wettbewerb ihren eigenen Beitrag einreichen, würde aber im Verborgenen arbeiten und niemandem von ihrem Vorhaben erzählen. Es war ein bisschen zu ungewöhnlich, dass sich eine Frau an einem Wettbewerb im Bereich der wissenschaftlichen Forschung beteiligte. Sie wagte nicht, es laut auszusprechen, glaubte aber, wenn sie ganz ehrlich war, dass sie intelligenter als viele der teilnehmenden Männer sei. In diese Sache wollte sie nicht einmal Voltaire einweihen. Zuerst müsste sie beweisen, dass sie in der Lage war, ihren Plan auch durchzuführen.

Eine wesentliche Voraussetzung für menschliche Aktivität war Wärme, das wusste Émilie, denn ohne Licht gab es kein Leben. Lange hielten sich die Menschen abwechselnd im Hellen und im Dunkeln auf, ohne das Licht einfangen zu können; es lag außerhalb ihrer Kontrolle. Schließlich schafften sie es, Feuer zu machen, es einzudämmen und auf engstem Raum zu konzentrieren, um es dann, mit viel größerer Intensität, als es jemand bisher für möglich gehalten hatte, wieder zu entfachen. Vor dieser Wärme musste man sich allerdings in Acht nehmen; sie war immer noch kaum kontrollierbar und für den Körper bei Berührung äußerst schmerzhaft. Doch ging man vorsichtig und sorgsam damit um, konnte das Feuer genutzt werden, um den Menschen Wärme zu spenden, Essen zu kochen oder Gestrüpp und niedriges Gehölz anzuzünden, um damit die Jagd zu erleichtern oder auch die Erde fruchtbarer zu machen, damit sie größere Erträge lieferte. Die Flamme entstand durch Reibung oder durch das Brechen des Lichts, wodurch es gebündelt und unendlich viel stärker wurde. Schon lange hatten die Menschen Wärme erzeugt, ohne die Zusammenhänge zu begreifen, und es war für sie einfacher gewesen, das Feuer, da es nun einmal da war, in Gang zu halten, als neue Glut zu erzeugen. Daher sorgten sie dafür, dass das Feuer nie erlosch.

Sie begann, sich Notizen zu machen. Den ganzen Tag über dachte sie an den Wettbewerb. Kein Wunder, dass sich die Mitglieder der Akademie Feuer und Wärme als Thema ausgesucht hatten, denn hierzu gab es viele hochinteressante Fragen, auf die bisher noch niemand eine Antwort gefunden hatte.

Émilie sah sich die Reihen der Buchrücken in der Bibliothek an und studierte jeden einzelnen Titel, um sicherzugehen, dass sie nichts übersehen hatte. Sie suchte sich all jene Bücher heraus, die Aussagen über die eigentliche Natur des Feuers beinhalten könnten, suchte nach Spuren, die sie auf den richtigen Weg führen würden. Dabei fiel ihr Blick auf das neue Buch von Christian Wolff. Sie hatte noch keine Zeit gefunden, es sich näher anzuschauen, und zog es nun aus dem Regal. Das Buch war ein Geschenk des Schriftstellers; er war einer der vielen, mit denen sie in Briefwechsel stand.

Kaum hatte sie ein paar Seiten gelesen, war ihr Interesse für den deutschen Philosophen Leibniz geweckt. Offenbar war er in vielen Fragen zu denselben Einsichten gelangt wie Newton, wenngleich die beiden Gelehrten sehr verschieden waren. Doch hatte keiner von ihnen großen Wert darauf gelegt, die Ergebnisse der eigenen Versuche näher zu erläutern. Vielleicht hatten sie auch überhaupt keine Versuche gemacht, sondern die Zusammenhänge durch göttliche Inspiration entdeckt?

Im Fenster spiegelte sich eine dunkle Silhouette. Sie drehte sich um und sah Voltaire in der Tür der Bibliothek stehen.

»Ich bin im Grunde kein ungeduldiger Mensch, aber Sie sind wirklich sehr lange hier drinnen gewesen, und jetzt, da sich der Abgabetermin nähert …«

Er trat zu ihr, legte seine Arme um ihre Taille und zog sie an sich. Sie liebte seinen Tatendrang. Als er sie auf den Hals küsste, kitzelte es, und sie musste lachen.

»Dann kommen Sie jetzt, lassen Sie uns beginnen«, sagte sie und verließ mit raschen Schritten den Raum. Voltaire folgte ihr.

Er war fest entschlossen, am Wettbewerb teilzunehmen. Denn dadurch würde er herausfinden, ob er sich künftig auf dem Gebiet der Forschung engagieren sollte, ob es richtig wäre, Poesie gegen Physik einzutauschen. Er machte keinen Hehl daraus, dass er nicht besonders viel über die Thematik wusste, hatte aber gelehrten Freunden geschrieben und vertraute außerdem darauf, dass ihm Émilie bei den Experimenten helfen würde.

»Die Experimente werden mir den Weg zur Antwort zeigen. Von daher macht es sicher nichts, dass ich noch nicht viel über dieses Thema weiß, nicht wahr? Dafür haben wir ja das Labor«, sagte er.

Émilie erklärte ihm, dass man zumindest eine vage Hypothese haben musste, wenn man Versuche machte. Man sollte sich darüber im Klaren sein, wonach man eigentlich suchte; wahllos irgendwelche Beobachtungen festzuhalten wäre vollkommen sinnlos.

»Ich werde Ihnen helfen, wie ich es versprochen habe. Sie sollten aber trotzdem einen Ausgangspunkt für Ihre Versuche haben. Ein gut ausgestattetes Labor ist nicht alles.«

In der Regel war sie nüchterner, sachlicher als er, weniger impulsiv. Voltaire respektierte keine Regeln. Er tat, was er tun wollte, und dachte nicht immer über die Konsequenzen nach. Das hatte ihm schon oft Probleme eingebracht, aber es hatte auch etwas Befreiendes. Hatte sie sich nicht gerade deswegen für ihn entschieden?

Was den Wettbewerb betraf, so hatte er schon einiges herausgefunden. Er hatte an Moussinot geschrieben, der ihnen zuvor geholfen hatte, die Ausstattung für das Labor auszusuchen, und ihn gebeten, Bernard le Bovier de Fontenelle zu fragen, wie Verbrennung und Feuer zu verstehen wären. Außerdem hatte er einen Freund, Geoffrey, der Apotheker an der Akademie war und ihn auf die richtige Spur gebracht hatte: Er hatte verstanden, dass ein zentraler Punkt der Debatte war, herauszufinden, ob Feuer ein Gewicht hatte oder nicht. Émilie seufzte. Mit dieser Frage hatten sich Forscher schon seit Langem auseinandergesetzt, ja, seit Anbeginn der Menschheit rätselte man, woher das Feuer kam und woraus es gemacht war. Wenn es so einfach wäre, wie Voltaire es sich jetzt anscheinend vorstellte, hätte schon längst jemand diese Fragen beantwortet.

Wie konnten sie herausfinden, ob Feuer etwas wiegt? Im Labor erhitzten sie Eisen, bis es glühend heiß war. Mit den Gewichten, die ihnen zur Verfügung standen, wurde das Eisen gewogen, zuerst in kaltem, dann in heißem Zustand. Es stellte sich heraus, dass das Eisen nach der Erwärmung manchmal schwerer war; manchmal aber blieb das Gewicht unverändert, egal in welchem Zustand, ab und zu war es sogar niedriger. Viele Stunden verbrachten sie so im Labor, wogen und erhitzten und wogen erneut und vergaßen darüber die Zeit und das Essen. Wie sollte man aus den Forschungsergebnissen Schlussfolgerungen ziehen können, wenn die Resultate derart unzuverlässig waren? Die einzige Lösung war, möglichst viele Versuche durchzuführen, und so arbeiteten sie oft bis in die frühen Morgenstunden hinein.

In dieser Nacht hatten sie sich gar nicht schlafen gelegt. Nun dämmerte schon der Morgen, und ein graues Licht sickerte ins Labor. Émilie war müde, ihre Hände zitterten, und es fiel ihr schwer, die Waage genau einzustellen. Trotzdem war sie der Arbeit nicht überdrüssig; es wurde niemals langweilig, Seite an Seite mit Voltaire zu arbeiten. Im Laufe der Nacht hatten sie viel gelacht und oft gar nicht mehr aufhören können, wenn die Resultate wieder einmal in völlig verschiedene Richtungen wiesen.

»Wir können keine neuen Versuche mehr beginnen, ich muss noch heute die letzte Messreihe abschließen.« Voltaire hatte sich aufgerichtet und wischte sich die verrußten Hände an einem Tuch ab.

»Sie sind aber noch lange nicht fertig. Jedenfalls haben Sie nicht genügend Ergebnisse, um daraus Schlussfolgerungen ziehen zu können.« Émilie war froh, dass nicht sie diejenige war, die als Erste aufgeben wollte.

»Man hat ein neues Theaterstück bei mir in Auftrag gegeben. Kurze Lieferzeit, wie gewöhnlich. Es kommt sehr ungelegen, aber ich kann es mir nicht leisten, den Auftrag abzulehnen.«

»Warum haben Sie das nicht eher gesagt? Ich habe so viel Zeit darauf verwendet, Ihnen zu helfen, und jetzt werden Sie nicht einmal zu einem ordentlichen Abschluss kommen.«

»Hätte ich abgesagt, so hätte ein anderer den Auftrag bekommen; es gibt jetzt so viele junge Schriftsteller. Wenn ich die Frist einhalten soll, kann ich einfach nicht länger meine Zeit darauf verwenden, mich mit Feuer und Wärme zu beschäftigen.«

»Die Forschung ist aber gerade jetzt wichtiger, glauben Sie nicht?« Sie musste es sagen, gerade auf diesem Gebiet gingen ihre Meinungen auseinander.

Geistesabwesend stellte Émilie einen Glaskolben so hart auf den Tisch, dass er zerbrach. Sie wollte schon die Scherben mit bloßen Händen aufsammeln, doch Voltaire hielt sie davon ab. Als er sah, wie müde sie war, fuhr er ihr mit dem Zeigefinger sanft über die Stirn und lächelte sie an.

»Eigentlich bin ich die ganze Zeit davon ausgegangen, dass Feuer ein Eigengewicht hat«, erklärte er, »und bei dieser Meinung bleibe ich auch jetzt. Wie Newton bin ich der Ansicht, dass alles Materie ist. Feuer besteht demnach aus Partikeln, die sich denselben allgemeinen Gesetzen der Anziehungskraft unterwerfen müssen wie alles andere auch.«

»Dafür haben Sie nicht den geringsten Beweis«, entgegnete Émilie. So wollte sie nicht länger arbeiten, das war in höchstem Maße unwissenschaftlich, und sie war außerstande, auch nur eine Minute länger im Labor zu bleiben. Sie wollte nur noch weg, aufräumen könnten sie später. Als sie wenig später zu Bett gingen, schliefen sie wie immer eng umschlungen ein und bemerkten nicht, dass die schneeweißen Laken einen Hauch von Ruß abbekommen hatten.

Voltaire begann seinen Bericht zu schreiben. Dabei wertete er seine Versuchsergebnisse als Bestätigungen seiner Hypothese – oder, wenn beides nicht kompatibel war, als generelle Abweichungen, unerklärliche Zufälle oder Ungenauigkeiten aufgrund mangelhafter Messgeräte.

Auch Émilie hatte damit begonnen, sich Notizen zu machen, ohne allerdings Voltaire davon in Kenntnis zu setzen. Die Vorstellung, die sie von der Natur des Feuers hatte, wollte sie zuerst alleine untersuchen. Es war noch völlig ungewiss, ob sie einen eigenen Beitrag abliefern würde, da sie so viel Zeit für Voltaires Versuche hatte aufbringen müssen.

Im Salon züngelten Flammen an der Innenseite des Kamins entlang. Der Spätsommer war regnerisch und feucht, sodass sie an einigen Abenden Feuer machen mussten, um das klamme, nasskalte Gefühl zu vertreiben, das sich nach den vielen Stunden im Labor in Rücken und Schultern festgesetzt hatte. Sie tranken heißen Tee und diskutierten darüber, wer von den ihnen bekannten Wissenschaftlern wohl einen Beitrag für den Wettbewerb einreichen würde. Die Flammen züngelten ruhelos nach oben, mehr Geheimnisse denn je schienen darin verborgen. Die Flammen fesselten sie. Das Feuer veränderte sich von Sekunde zu Sekunde, schlängelte sich nach innen, drehte und wendete sich nach oben, bevor es verschwand und wieder von Neuem begann. Da das Ganze aufwärts strebte, war es nicht verwunderlich, dass man früher geglaubt hatte, Feuer und Luft wären ein und dasselbe, das Gegenteil von

Erde und Wasser. Aber die Lehre von den vier Elementen war nicht mehr als eine nette Hypothese gewesen. Die Gleichung ging nicht auf. Newton hatte herausgefunden, dass auf der Erde und im gesamten Universum dieselben Kräfte wirkten und dass diese Kräfte sich gegenseitig beeinflussten. Alles war ununterbrochen in Bewegung, wenn es nicht gezwungen wurde, anzuhalten.

Wenn Émilie einen Beitrag für den Wettbewerb abgeben wollte, müsste sie ihre geistigen Fähigkeiten voll ausschöpfen. Durch rationales Vorgehen würde sie schließlich eine Antwort auf die Frage finden.

Im Gegensatz zu Voltaire ging Émilie davon aus, dass Feuer kein Gewicht hatte. Feuer bestand ihrer Meinung nach nicht aus Materie, sondern aus etwas anderem. Wenn sie den rätselhaften Prozess als etwas beschrieb, das weder stofflich war noch eine Seele hatte, konnte man ihn dann vielleicht dem Bereich der Metaphysik zuordnen? Ihre Gedanken drehten sich im Kreise, ohne dass sie zum Kern der Sache vordringen und das eigentliche Geheimnis lüften konnte.

Sie war unzufrieden mit ihrer Arbeit und glaubte, keine klare Antwort auf die Aufgabe gefunden zu haben. Trotzdem packte sie das Manuskript schließlich ein und schickte es an die Adresse der Akademie der Wissenschaften in Paris, ohne Voltaire davon zu erzählen.

Die Zeit verging, den Wettbewerb hatten sie beinahe vergessen. Erst im neuen Jahr veröffentlichte die Akademie das Resultat. Argental sandte ihnen eine Nachricht, sobald er das Ergebnis erfahren hatte, da sein Brief sie wahrscheinlich eher erreichen würde als das offizielle Schreiben mit der Post.

Es habe viel Zeit in Anspruch genommen, die eingereichten Beiträge, unter denen sich zahlreiche äußerst interessante

Arbeiten befänden, sorgfältig auszuwerten. Als Gewinner habe man drei Männer ausgezeichnet, die mit der Akademie eng verbunden seien; der erste Preis gehe an den Schweizer Mathematiker Leonhard Euler. Es sei zudem aufgefallen, dass eine der Arbeiten von einer Dame hohen Ranges geschrieben sei, eine andere von einem bekannten Dichter.

Die Identität der beiden Personen ließ sich nicht lange geheim halten. Émilie war stolz auf ihre Leistung, wenngleich ein wenig enttäuscht, nicht zu den Preisträgern zu gehören.

»Die Frau, die bei dem Wettbewerb einen Beitrag eingereicht hat, bin ich«, gestand sie Voltaire, nachdem sie Argentals Brief gelesen hatten.

»Glauben Sie etwa, dass ich das nicht schon längst mitbekommen habe?«

»Und Sie sind mir nicht böse? Ich hatte fest vor, es Ihnen zu erzählen.«

»Ihre Diskretion hat Eindruck auf mich gemacht. Das Wichtigste ist, dass Sie teilgenommen haben. Ich bin sehr stolz auf Sie.« Er legte beide Arme um sie und küsste sie auf die Stirn.

»Wie wird man in der Akademie über mich reden, was denken Sie?«

»Eines Tages wird man Sie feiern, Émilie, glauben Sie mir.«

Voltaire war zu der Zeit voll und ganz mit den Vorbereitungen der Premiere seines neuen Stückes in Paris beschäftigt. Die Arbeit, die er damals eingereicht hatte, hatte er schon fast vergessen, und es kümmerte ihn wenig, dass sein Beitrag nicht ausgezeichnet worden war. Er schrieb jedoch an die Akademie und bat sie, den Beitrag jener »Dame hohen Ranges« zu publizieren.

Bald schon kam Émilie zu Ohren, dass ihre Arbeit an der

Sorbonne großes Aufsehen erregt hatte – der Kreis um Maupertuis sei beeindruckt gewesen.

Die Akademie entschied, dass beide Beiträge veröffentlicht werden sollten: Émilie und Voltaire waren bekannte Persönlichkeiten, und die Tatsache, dass eine Frau eine naturwissenschaftliche Abhandlung geschrieben hatte, war eine Sensation.

In solchen Momenten zweifelte Émilie nicht daran, dass sie damals in den Tuileriengärten die richtige Wahl getroffen hatte. Ihre Akademie hieß Cirey.

Paris schien wie ein Lärmen und Rumoren in weiter Ferne. Sie ließen sich davon nicht stören, sondern luden die Welt in ihre eigene Akademie ein und hießen ihre Gäste auf Cirey willkommen. Émilie und Voltaire waren mittlerweile ein bekanntes Paar, und viele Leute besuchten sie, um dieses ungewöhnliche Zusammenleben aus nächster Nähe zu betrachten. Andere teilten ihre Interessen und kamen, um Wissenschaft und Philosophie zu studieren. Wenn er Zeit hatte, blieb Florent oft einige Tage bei ihnen. Madame de La Neuville und Madame de Champbonin, zwei liebenswürdige Damen aus dem Dorf, kamen in ihren schönsten Kleidern zu Besuch, sooft sie konnten. Für sie hatte das Leben auf Cirey den Glanz einer fernen, farbenfrohen Welt. Voltaire hatte den Kontakt zu ihnen hergestellt, bevor Émilie nach Cirey kam, und sie freuten sich darüber, dass in der Region endlich etwas los war. Auch Gabrielle kam des Öfteren aus der Klosterschule zu Besuch.

Die Gäste durften sich natürlich die Pferde ausleihen oder in den nahe gelegenen Wäldern auf die Jagd gehen. Wenn Florent auf Cirey weilte, tat er das oft. Die Gäste mussten sich den größten Teil des Tages selbst beschäftigen, das war die einzige Bedingung, die an sie gestellt wurde. Émilie und Voltaire hatten keine Zeit, sich tagsüber um ihre Gäste zu kümmern, sie arbeiteten hart und blieben den Anforderungen treu, die sie an ihre eigene Leistung stellten. Für diejenigen, die ihre Interessen teilten und sich gern stundenlang in Büchern vertieften, war Cirey perfekt. Wenn sie sich nach dem Tagesrhythmus der Gastgeber richteten, durften alle so lange auf dem Schloss bleiben, wie sie wollten.

Aber nicht allen sagte es zu, ihre Zeit selbst füllen zu müssen. Wie zum Beispiel Madame Graffigny. Sie war nicht besonders wohlhabend, hatte aber einen großen Freundeskreis, der sie unterstützte. Eigentlich tat sie ihnen ein bisschen leid, denn sie fühlte sich einsam nach dem Ende einer unglücklichen Ehe. In Paris war sie in Richelieus Haus ein häufiger Gast gewesen, und Elisabeth hatte Émilie gefragt, ob sie sie nicht eine Zeit lang nach Cirey einladen könnten. Sie hatte gezögert, Voltaire aber konnte nicht Nein sagen.

Nach Émilies Geschmack war Madame Graffigny zwar durchaus freundlich, aber ein wenig wehleidig und unselbstständig. Am liebsten hätte sie mit ihren Gastgebern den ganzen Tag Tee getrunken. Sie interessierte sich überhaupt nicht für die Wissenschaften und hatte hilflos und ein wenig indigniert geschaut, als Émilie ihr erklären wollte, was sie zurzeit lese.

Abends um neun trafen sich Émilie und Voltaire mit ihren Gästen zum Abendessen. Nach den vielen Stunden, in denen sie sich ihrer geistigen Arbeit gewidmet hatten, waren sie jetzt für anregende Gespräche und Neuigkeiten bereit. Dann waren sie gute, gesellige Gastgeber. Auch die Stunden nach dem Essen waren einer gewissen Regie unterworfen, denn jetzt war die Zeit für Unterhaltung gekommen. Von Mitternacht an spielten sie Theater, erzählten sich Geschichten und sangen Opern, bis der Morgen graute. Sie inszenierten Voltaires Stücke ›Zaire‹, ›Mahomet der Prophet‹ und ›Der Graf Boursoufle‹, wobei sich stets mehr Leute auf der Bühne als im Zuschauerraum befanden. An den Abenden einer Premiere gab es immer ein großes Fest als den strahlenden Höhepunkt, den sie während der endlosen Bühnenproben herbeigesehnt hatten.

Émilie konnte selbst eine ganze Oper singen, ›Issé‹ von André Destouches, mit dem Libretto von Antoine Houdar de la Motte. Die Musik war wunderschön. Das Lyrische, Pastorale an dieser Oper sprach sie mehr an als die pompösen und grandiosen Opern, die gerade in Mode waren. Das Schicksal der Schäferin Issé, die sich in den Gott Apollo verliebt hatte und dazu verurteilt war, in ihrer Liebe unglücklich zu bleiben, rührte Émilie immer wieder zu Tränen.

Nun stand die Premiere der ›Französischen Merope‹ auf dem Programm, und sofort begann man mit den Proben. Nach einer Weile klappte das Stück richtig gut. Allerdings hatten sie das Ganze sehr oft durchgespielt, immer wieder, die ganze Nacht hindurch. Madame Graffigny wankte morgens um fünf ins Bett, am Rande des Zusammenbruchs, so müde war sie. Sie war es nicht gewohnt, so lange aufzubleiben, besonders nicht, um Theater zu spielen. Émilie war gar nicht müde, sie hätte ewig so weitermachen können. Auch ein paar Leute aus dem Dorf waren da, unter ihnen Madame de la Neuville und Madame de Champbonin. Florent Louis und Gabrielle waren ebenfalls gekommen. Sie spielten gern Theater, weil sie dabei lange aufbleiben durften. Émilie hatte ihre Tochter aus dem Kloster kommen lassen, damit diese einige Tage auf Cirey bleiben konnte, um eine Rolle in ›Merope‹ zu übernehmen. Gabrielle ließ sich nicht zweimal bitten; für sie war es wie ein Märchen, mit der Mutter zusammen zu sein.

Zweimal in der Woche kamen mit der Post Briefe, Zeitungen sowie Dinge, die sie bestellt hatten: Bücher, Schmuck für Émilie und sogar Möbel, besonders Tische in verschiedenen Größen; anscheinend konnten sie nie genug davon bekommen. Für das Labor waren auf Bestellung zusätzliche Mikroskope, Waagen und Gewichte angefertigt worden. Ferner hatte Voltaire für Émilie etwas ganz Besonderes bestellt: ein schwarzes Lederetui mit vergoldeten mathematischen Instrumenten. Es beinhaltete einen Zirkel, Winkelmesser und Winkellineal, eine Pinzette und eine Schreibfeder. Émilie hätte sich kein schöneres Geschenk vorstellen können.

Was seine Theaterstücke betraf, so hatte sich Voltaire mittlerweile an Kritik gewöhnt. Das Publikum liebte ihn, das war die Hauptsache, daher prallten die schlechten Beurteilungen mit der Zeit an ihm ab. Schmerzlich war es trotzdem, wenn Kritiker und Kollegen versuchten, seinem Ansehen beim Publikum zu schaden. Das machte Émilie wütend. Unter dem Titel ›La Voltairomanie‹ hatte Pierre François Guyot Desfontaines, seines Zeichens Literaturkritiker, Journalist und Schriftsteller, kürzlich ein Pamphlet gegen Voltaire publiziert, in dem der Name des Dichters als Schimpfwort benutzt wurde. Émilie hoffte, dass es nicht in Voltaires Hände gelangen würde, es würde ihm ganz und gar nicht gefallen, derartige Anschuldigungen zu lesen. Deswegen nahm sie zurzeit persönlich die Post entgegen und sah alles gründlich durch, um herauszufinden, ob ihnen jemand die Schmähschrift geschickt hätte.

Da erregte ein Brief an Madame Graffigny ihre Aufmerksamkeit. Der Briefumschlag war nicht richtig zugeklebt, der Brief glitt leicht heraus. Émilie warf einen schnellen Blick auf den Text, darin war von der ›Jungfrau‹, ›La Pucelle‹, die Rede, einem gewagten Text, den Voltaire geschrieben, aber nie publiziert hatte.

Wut stieg in ihr auf. Vielleicht hatte sich Madame Graffigny dadurch interessant machen wollen, dass sie Voltaires Text abschrieb, um ihn bei ihren Freunden die Runde machen zu lassen.

»Wir haben Sie als Freundin empfangen, haben Sie hier wohnen lassen. Und jetzt verschicken Sie Voltaires Texte an andere.«

Émilie stand mitten im Raum, das Haar zerzaust, das Gesicht rot vor Wut.

»Das habe ich nie getan, niemals.«

Madame Graffigny saß starr in ihrem Sessel und hielt sich das Buch, in dem sie gerade gelesen hatte, vor die Brust.

»Es ist gefährlich, wenn jeder Beliebige lesen darf, was Voltaire geschrieben hat. Dann machen die Texte die Runde und werden schließlich in Gott weiß wie vielen Exemplaren gedruckt.«

»Aber ich habe nichts Unrechtes getan!«, rief Madame Graffigny.

»Er wird die Zensur nicht noch einmal ertragen. Wünschen Sie ihm den Tod?« Émilie spürte eine starke Abneigung gegen diese Frau, die sich in ihr Leben eingeschlichen hatte.

»Aber für mich ist doch Voltaire größer als alle anderen, ich würde ihm nie etwas Böses antun.« Madame Graffigny begann zu weinen.

»Sie sind eine verräterische, schwache Frau. Sie wagen nicht einmal zuzugeben, was Sie getan haben.« Émilie bebte vor Wut.

»Sie haben kein Recht, so mit mir zu reden.« Madame Graffigny war jetzt aschfahl im Gesicht und hielt das Buch krampfhaft in beiden Händen.

»Sie werden dieses Haus augenblicklich verlassen. Die Premiere von ›Merope‹ heute Abend muss ausfallen, auch wenn viele deswegen enttäuscht sein werden.«

»Sie sind schlimmer als ein Mann, Sie sind ein … ein Monster.«

Émilie antwortete nicht, sie hatte alles gesagt, was zu sagen war. Sie rauschte aus dem Zimmer und ließ die Tür mit einem lauten Knall hinter sich zufallen. Jetzt musste Voltaire erfahren, was im Schloss vor sich ging.

Nachdem sie ihm alles erzählt hatte, ging Voltaire mit dem Brief zu Madame Graffigny. Er blieb lange auf ihrem Zimmer.

Émilie konnte nicht ruhig sitzen bleiben und lief von einem Raum zum anderen, obwohl ihre Wut bereits zum Teil verraucht war. Doch sie war sich sicher, dass Voltaire ihr recht geben würde.

Dieser aber glaubte der armen Frau, egal was Émilie auch sagte; er wollte sie nicht wegschicken, so herzlos könne man nicht sein. Madame Graffigny habe den eigentlichen Text nicht verschickt, sondern lediglich einem Freund von der ›Jungfrau‹ erzählt, erklärte Voltaire. Sie erinnere sich bestimmt daran, dass er selbst eines Abends daraus vorgelesen hatte. Das habe sie dem Freund geschrieben, der dieses wiederum in seinem Brief kommentierte; das sei alles gewesen. Madame Graffigny sei sehr unglücklich und habe erbärmlich geweint, während er mit ihr redete.

»Ich wollte Sie doch nur beschützen, Ihnen helfen.«

»Das weiß ich, geliebte Émilie. Und ich bin Ihnen ewig dankbar für alles, was Sie für mich tun«, versicherte Voltaire.

»Ich hatte Angst vor dem, was Desfontaines geschrieben hat, und dann sah ich diesen schrecklichen Brief.«

»Kümmern Sie sich nicht um Desfontaines, ich habe doch alles gelesen, was er über mich schreibt. Wir beide wissen, was für ein Pedant er ist. Außerdem, kleine Streitereien können mir nicht schaden, eher im Gegenteil, denke ich.«

»Sie glauben immer, dass ich übertreibe.«

»Jetzt gehen Sie zu Madame Graffigny und bitten sie, sich auf die Premiere von ›Merope‹ heute Abend vorzubereiten. Es wird eine phantastische Aufführung werden.«

»Gegen Madames schauspielerisches Talent komme ich nicht an«, erwiderte sie mit leicht sarkastischem Unterton. Innerlich verfluchte sie Madame Graffigny.

Voltaire sagte nichts mehr, sondern schaute sie nur mit

einem versöhnlichen Lächeln an. Sie hatte sich etwas beruhigt und lächelte nun beinahe selbst, wenngleich etwas widerwillig. So war sie eben, heftig und hitzköpfig, maßlos, ja beinahe tyrannisch in ihrem Drang, ihn zu beschützen.

Sie erhob sich jäh und ergriff seinen Arm, und er begleitete sie in ihren Salon. Hinter der verschlossenen Tür begann Voltaire, ihr Kleid aufzuknöpfen, lockerte das enge Mieder und küsste die weiße Haut, die darunter zum Vorschein kam. Ihre flaumigen Nackenhaare stellten sich auf, als er sie von ihrem Kleid befreite. Sie lehnte den Kopf zurück. Er wusste, dass sie es liebte, wenn er ihren Hals küsste. Sie lachte, und ihre grünen Augen strahlten. Wenn er so war wie jetzt, fühlte sie sich unbeschreiblich lebendig. Jegliches Gefühl von Ungerechtigkeit verschwand, alle harten Worte wurden von einer Welle reiner Lust hinfortgespült.

Für eine Weile sperrten sie den Rest der Welt aus; das Schloss und ihre Gäste mussten auf sie warten.

Der Zwischenfall wurde ausgebügelt, so gut es eben ging. Émilie versuchte, den häuslichen Frieden wiederherzustellen, das war schließlich ihre Pflicht als Gastgeberin. Irgendwie versöhnten sich die beiden Frauen, zumindest so weit, dass sie ›Merope‹ so spielten, als wäre nichts geschehen. Allmählich beruhigten sich die Gemüter wieder. In diesen Dingen besaß Voltaire Fähigkeiten, die Émilie abgingen: Es gelang ihm stets, die Stimmung aufzuhellen, die Leute wieder zum Lachen zu bringen.

Als der Vorhang fiel, waren die Schauspieler glücklich. Alle hatten sie ihr Bestes gegeben für die wenigen Auserwählten, die auf den schmalen Holzbänken in dem kleinen Theater unter dem Dach saßen.

Die Zahl der Anhänger Newtons wuchs. 1737 kehrten Maupertuis und seine Männer von ihrer Expedition zurück mit Beweisen dafür, dass die Erde an den Polen abgeflacht sei, so wie Newton es behauptet hatte. Es hatte sie vierzehn anstrengende Monate gekostet, das herauszufinden, und die Akademie der Wissenschaften erkannte das Resultat an.

In seiner Heimat Italien gab Algarotti ›Newton für Damen‹ heraus. Das Buch wurde ein voller Erfolg. Auch Voltaire hatte in der Zwischenzeit ein Buch über Newton geschrieben; er widmete ›Elemente der Philosophie Newtons‹ Émilie. Im Vorwort schrieb er, dass ohne ihre mathematischen Kenntnisse das Buch nicht zustande gekommen wäre, und Émilie wusste, dass er recht hatte. Es erregte großes Aufsehen, dass sich der beliebte Dichter und Philosoph auch als Wissenschaftler betätigte.

Florent bat Émilie, nach Brüssel zu fahren, um die Familie in einem Prozess zu vertreten. Es handelte sich um einen alten Familienstreit, bei dem es um die Aufteilung einer Erbschaft ging. Solange Émilie sich erinnern konnte, hatte es in der Familie du Châtelet diesen Rechtsstreit gegeben. Sie hatte keine große Lust auf diese Reise. Florent aber hoffte auf eine Lösung, und sie erinnerte sich daran, was sie ihrem Ehemann vor vielen Jahren versprochen hatte.

In letzter Zeit hatte sie sich noch mehr auf ihre Studien konzentriert und ihre Kenntnisse sowohl im Bereich der Mathematik als auch der Physik erweitert. Es sprengte die bisherigen Grenzen der Wissenschaft, mathematisches Wissen auf dem Gebiet der Physik einzusetzen, doch es hatte das Verständnis für die physikalische Welt, für die Natur, große Schritte nach vorne gebracht. Émilie träumte davon, eine Abhandlung über die Physik herauszugeben, um darzulegen, wie weit die Naturwissenschaftler in ihrer eigenen Zeit gekommen waren.

Sie bekam einen neuen Lehrer. Anfangs war sie nicht sehr zufrieden mit ihm. Samuel König hatte keinerlei pädagogische Fähigkeiten, wechselte oft sprunghaft das Thema. Er machte sie jedoch mit Leibniz bekannt, und wenn sie seinen Gedankensprüngen auch nicht immer folgen konnte, begriff sie, worauf er hinauswollte: Wie Leibniz sah er die Metaphysik als einen Teil der Naturwissenschaften an. Leibniz schloss all das, was man nicht sehen, beobachten oder erklären konnte und was für viele außerhalb der Physik lag, mit ein; das Göttliche gehörte für ihn dazu. Newton hatte einen ähnlichen Ansatz, vereinfachte jedoch die Sache: Nur wenn das universelle Uhrwerk aus irgendeinem Grund stehen bleiben sollte, müsste Gott zu Hilfe kommen und das Pendel wieder in Gang setzen.

Die Metaphysik erklärte, warum die Welt so war, wie sie war, warum die universelle Gravitation, die Schwerkraft, alles zusammenhielt. Natürlich war der Grund dafür der, dass Gott wusste, dass es so am besten war, und Émilie begriff, warum Leibniz der Meinung war, es sei Gottes Wille, dass sie in der besten aller möglichen Welten lebten. Gott sei allmächtig, und wenn die Welt, die sie kannten, nicht die beste aller Welten wäre, hätte Gott sie nicht erschaffen.

Émilie stand dagegen der Behauptung, dass die Summe aller Bewegung im Universum konstant sei, skeptisch gegenüber. Das war nicht ihre Auffassung von Freiheit. Wenn sie ihren Arm bewegen wollte, tat *sie* es; es war ihr eigener freier Wille, der dies steuerte, keine äußeren Faktoren beeinflussten sie. Und wenn sie sich dazu entschloss, den Arm zu heben und etwas zu tun, dann führte sie doch etwas Neues ins Universum ein, oder etwa nicht?

Voltaire und Samuel König begleiteten sie nach Brüssel, der eine, um sie beim Gerichtsverfahren zu unterstützen, der andere, um ihr weiterhin Unterricht über Leibniz und seine Lehre zu erteilen.

Sie fanden sich im Gerichtssaal ein. Auf den dunklen Holzbänken in dem düsteren Saal saßen sich die beiden Parteien gegenüber. Voltaire war früher mehrfach in Zwistigkeiten und Prozesse verwickelt gewesen und fühlte sich hier zu Hause; er liebte die staubige, trockene Luft, die von alten Protokollen aufstieg. Er glaubte an das Rechtssystem, obwohl es nicht immer funktionierte. Émilie tat hingegen nur ihre Pflicht. Am liebsten wäre sie den endlosen Stunden im Gerichtssaal entflohen.

Sie mieteten fünf große Räume in der Rue de la Grosse Tour. Da sie nicht mehr Zeit als nötig verlieren wollte, verbrachte Émilie jede freie Minute mit König, der sie unterrichtete. Es gab Tage, an denen sie Voltaire fast nur im Gerichtssaal sah.

Descartes war der Pionier der Rationalität. Zwar würden noch viele nach ihm kommen, die neue Zusammenhänge entdeckten, aber man durfte trotzdem nicht alles Alte verwerfen. Jeder Philosoph hatte *etwas* gesehen, doch keiner von ihnen hatte *alles* gesehen und begriffen. Émilie wollte die Erkenntnisse von Descartes, Leibniz, Wolff und Newton zusammenfassen. Nach wie vor verfolgte sie das Ziel, die ›Principia‹ ins Französische zu übertragen, aber um das zu erreichen, folgte sie jetzt einem anderen Weg, als ursprünglich geplant.

Émilie gefiel die Idee, die Physik in einem größeren Zusammenhang zu sehen; sie war fasziniert davon, wie Leibniz die Metaphysik auf die Welt der Wissenschaften treffen ließ. So hatte Émilie es auch selbst gesehen: Es konnte keine Materie ohne Seele geben. Die beiden Sphären durften aber nicht bei jeder passenden und unpassenden Gelegenheit vermischt werden. Sie begann eine Abhandlung darüber zu schreiben, wie der Zusammenhang zwischen Geometrie, Physik und Metaphysik gesehen werden könnte. Es müssten auch Regeln für die Metaphysik zu finden sein, die Beweise für das Metaphysische müssten genauso streng wie für das Physikalische geführt werden.

König wies sie auf Zusammenhänge hin, die sie bislang nicht gesehen hatte. Das überwältigte sie, als wäre das Gesamtbild größer geworden, als hätte es sich in unerwartete Richtungen erweitert. Sie stellte viele Fragen, und mit der Zeit blieb ihr König oft eine Antwort schuldig. Sie zog ihre eigenen Schlussfolgerungen und dachte mit fieberhafter Intensität nach. Sie hatte das Tempo erhöht, bald konnte sie in jeglicher Hinsicht mit ihm mithalten.

Der Prozess wurde noch einmal vertagt. Als sie nach Cirey zurückkehrten, kam König nicht mit – er konnte ihr nichts mehr beibringen.

Seit der Antike suchte der Mensch nach der Antwort auf die Frage, warum die Welt sich bewegte, warum die sichtbaren Dinge so waren, wie sie eben waren. Newton hatte gezeigt, dass die Gravitation die Antwort war. Seines Wissens gab es außerhalb dieser Welt keine andere Kraft. Masse könne nicht entstehen und nicht verschwinden, alles existiere bereits, nur eben in unterschiedlichen Formen.

Warum wollte Émilie weg von diesem Gedanken, gerade

jetzt, da sich endlich Beweise gefunden hatten, die Newtons These stützten? Die Erklärung war ihr zu einseitig, *das* war es. Newton hatte in vielen Dingen recht gehabt, doch auch er kannte eben nicht die ganze Wahrheit.

»Aber wir haben es doch Newton zu verdanken, dass die Wissenschaften von ihrem metaphysischen Irrweg abgekommen sind, oder nicht?« Voltaire schaute sie fragend an, während sie versuchte, ihm Leibniz zu erklären.

»Newton und Leibniz haben vieles gemeinsam, sie stehen sozusagen Seite an Seite, das eine schließt das andere nicht aus«, erwiderte sie und legte vor ihm einen Stoß Papier auf den Tisch.

Sie wollte ihm einiges von dem, was sie geschrieben hatte, zeigen, außerdem den Bericht über ein Experiment, das sie so durchgeführt hatte wie der niederländische Physiker Willem Jacob Gravesande vor ihr. Wenn man eine Bleikugel auf einen Lehmboden fallen ließ, drang die Kugel viermal so weit in den Lehm ein, wenn ihre Geschwindigkeit verdoppelt wurde. Das stimmte mit der Formel überein, die Leibniz für die Bewegung von Körpern aufgestellt hatte. Das Quadrat der Geschwindigkeit und die Masse des Körpers entschieden über den Weg der Bleikugel, nicht das Produkt von Masse und Geschwindigkeit, wie es Newton dargestellt hatte.

Voltaire warf einen Blick auf die Bögen, war aber an Leibniz nicht interessiert.

»Es gefällt mir nicht, wenn Sie verschiedene Theorien vermischen«, sagte er.

»Ich möchte die verschiedenen Theorien in einem Zusammenhang sehen, nur so können wir die Teilaspekte als ein Ganzes begreifen«, erklärte sie.

»Ich glaube nicht an eine Ganzheit«, widersprach er. »Newton hat recht, die anderen irren sich.«

»Sie sind zu engstirnig, das sieht Ihnen gar nicht ähnlich.«

»Newton ist ein Mann der Aufklärung, ich dachte, wir sind da einer Meinung«, sagte Voltaire. Doch dann seufzte er und räumte ein: »Ich gehe natürlich davon aus, dass Sie wissen, wovon Sie reden. Verglichen mit Ihnen bleibe ich für immer und ewig ein Amateur.«

›Institutionen der Physik‹ kam 1740 heraus, und die Kritiker lobten das Buch als das beste, das in Frankreich bisher auf dem Gebiet der Physik verfasst worden sei. Émilie hatte Newton und Leibniz miteinander verbunden, durch exakte Messreihen und klare Beweisführung hatte sie den Zusammenhang zwischen den beiden aufgezeigt. Das Buch beinhaltete die fundierteste Analyse von Leibniz, die es je gegeben hatte, mit Argumenten, die sowohl auf alten als auch auf neuen Erkenntnissen beruhten.

Von Maupertuis kam ein Brief. Er glaubte es ihr schuldig zu sein, sie wissen zu lassen, was man in Paris von ihrer Veröffentlichung hielt: Es hieße, dass der Inhalt ihres Buches von Samuel König stamme. König selbst hatte das Gerücht in die Welt gesetzt; er behauptete, sie verstehe nichts von dem, worüber sie schreibe, und habe ihre Informationen allesamt von ihm erhalten. In den Salons scherzte man darüber, dass Émilie jetzt einen neuen Lehrer brauche, um ihr eigenes Buch zu verstehen.

Das war aber nicht alles. Jean-Jacques Dortous de Mairan, Sekretär der Akademie der Wissenschaften, schrieb einen Artikel, in dem er Émilie als eine Frau darstellte, die ihre Meinungen und Ansichten schneller ändere, als andere sich umdrehen könnten. Was wisse sie eigentlich, welches Ziel verfolge sie? Hätte sie sich nicht die elementarsten Kenntnisse der Wissenschaften aneignen müssen, bevor sie ein Buch publizierte?

In ihrer wissenschaftlichen Abhandlung über das Feuer

hatte sie Mairan mit lobenden Worten erwähnt, sein Aufsatz über lebendige Kräfte hatte ihr gefallen. Später fiel ihr auf, dass er sich verrechnet hatte, was sie in ›Institutionen der Physik‹ kommentierte. Ihr war klar, warum er so über sie herfiel.

Ihr Triumph darüber, einen würdigen Gegner gefunden zu haben, übertraf ihren Unmut. Sie verteidigte sich. Sie sei zwar nicht Sekretär der Akademie, aber im Gegensatz zu ihm habe sie recht, das zähle mehr als jeder Titel. So eröffnete sie ihre Antwort an Mairan.

Durch Maupertuis' Rezension über ›Institutionen der Physik‹, die er in ›Mercure de France‹ veröffentlichte, wurde ihre Ehre wiederhergestellt. Die Analyse von Leibniz sei herausragend, schrieb er, und umso beeindruckender, da das Buch von einer Dame geschrieben sei. Das weibliche Geschlecht habe schließlich nichts als den eigenen Verstand und die eigene Lernfähigkeit, worauf es sich stützen könne.

Das Herz hat seine Gründe, die der Verstand nicht kennt. So die Worte von Blaise Pascal, dem leuchtenden Denker aus dem Jahrhundert vor dem Jahrhundert des Lichts, der Aufklärung. Émilie hatte sich immer vorgestellt, dass die Welt in den Jahren vor ihrer Zeit noch in ein schwaches Dämmerlicht getaucht war, bis das Dunkel nach und nach den Strahlen einer neu aufgehenden Sonne hatte weichen müssen. Pascal, Descartes, Newton, Leibniz. Die Menschheit war aber noch nicht am Ziel angelangt, es konnte noch viel Zeit vergehen, bevor sie vollends verstehen würde, was die großen Denker gesehen hatten. In gewisser Weise trösteten sie Pascals Worte; es war gut zu wissen, dass der Meister der Rationalität auch ein ungestümes Herz gehabt hatte.

Bildlich gesprochen war Émilie eine Frau, die rastlos an einem Zaun entlangging, um darin eine Öffnung zu finden. Fand sie lediglich einen winzigen Durchlass, gab sie nicht etwa auf, sondern versuchte, mit Gewalt hindurchzukommen, ohne sich dadurch stören zu lassen, dass die Öffnung viel zu eng war. Widerstand prallte an ihr ab, vielleicht weil sie ihn dort, wo er am häufigsten vorkam, nicht als solchen wahrnahm. Manchmal verletzte sie andere, weil sie von ihren eigenen Gefühlen vollkommen in Anspruch genommen wurde. Probleme zogen sie magisch an. Als junge Frau hatte sie die Mathematik entdeckt, und ihr Vater hatte sie ermutigt, daran festzuhalten. Ihr großes Glück war es, dass Voltaire ihr begegnet war. Sie hatte aber nicht sofort begriffen, dass sein Geschenk an sie die Freiheit war. Lange lebte sie nun schon mit ihm zusammen, doch in ihrem Verhältnis hatte sich etwas verändert.

Die ersten Jahre auf Cirey waren die besten gewesen. Das Schloss hatte regelrecht gelebt, es war stets voller Menschen gewesen, und sie erinnerte sich immer noch an den Widerhall der vielen Stimmen, an das Lachen, die Freude. Zwischen ihr und Voltaire knisterte es unentwegt. Sie hatte alles besessen, was das Leben lebenswert machte.

In den ersten Jahren, nachdem ›Institutionen der Physik‹ herausgekommen war, beschäftigte sich Émilie weiterhin mit den Naturwissenschaften. Sie stand in Briefwechsel mit der Akademie der Wissenschaften und aufgeklärten Menschen in vielen Ländern. Sie hatte bewiesen, dass sie im Kreis der Wissenschaftler einen Platz verdiente, und wurde in die italienische Akademie der Wissenschaften in Bologna aufgenommen. Bald hatte sie keine Zeit mehr, Voltaire in alles, womit sie sich beschäftigte, einzuweihen, und er wollte auch nie mehr über Leibniz diskutieren.

Hatte sich ihr Verhältnis verändert, weil Voltaire vom König in Gnaden wieder aufgenommen worden war? Er schrieb eine Komödie und eine Oper, die beide in Versailles aufgeführt wurden, und ›Die Prinzessin von Navarra‹ wurde während der Prinzenhochzeit 1745 gespielt. Voltaire freute sich über die königliche Gunst, die ihm zuteilwurde. Er hatte sie verdient.

Émilie war dagegen gewesen, dass Voltaire den Hof Friedrichs II. von Preußen besuchte. Der König hatte ein Militärregime ohne Sinn für Kultur und Kunst geerbt, er selbst aber träumte vor sich hin und verehrte alles Französische. Natürlich wollte er Voltaire für sich gewinnen, den geistreichsten von allen, ihren Geliebten. Es ärgerte sie, dass Voltaire nicht einsehen wollte, dass der König seine Künste nur vortäuschte, dass sein Lob purer Egoismus war.

Doch Voltaire reiste ab, und Émilie blieb allein auf Cirey zurück. Sie versuchte, ihre Zeit mit weiteren Studien zu verbringen, aber es fiel ihr schwer, sich zu konzentrieren, sie kam irgendwie nicht weiter. Jedes Mal, wenn sie sich hinsetzte, um etwas Neues zu beginnen, schweiften ihre Gedanken ab. Sie war wütend und traurig zugleich. Ohne Voltaire war sie nur ein halber Mensch. Sie schrieb Briefe, in denen sie ihre Freunde bat, ihn davon zu überzeugen, dass er heimkehren müsse.

Ohne Voltaire war Cirey ohne Leben. Die Inspiration, die sie früher im Schloss gefunden hatte, wollte sich nun nicht mehr einstellen. Sie wartete. Als er nach Frankreich zurückkehrte, kam er nicht gleich zu ihr, sondern blieb für eine Weile in Paris. Und als er dann endlich kam, machte er Ausflüchte; einige Theaterproben hätten nicht länger warten können. Für ihn kam sie nicht mehr an erster Stelle.

Émilie wusste selbst nicht, wann es passiert war. Aus dem, was früher einmal eine regelrechte Befreiung gewesen war, ihr Leben mit Voltaire, hatte sich etwas anderes entwickelt. Für ihn war die Liebe zur Gewohnheit geworden. Auf Vertrautheit und Gewöhnung waren Langeweile und Kälte gefolgt. Seine Lust war befriedigt – ihre aber nicht. Der Verlust der Illusion, geliebt zu werden, hatte sie viele Tränen gekostet. Sie hatte versucht, genug für zwei zu lieben. Beide waren erleichtert, als sie damit aufhörte.

Schließlich schaffte sie es, die Enttäuschung hinter sich zu lassen und nicht länger unglücklich zu sein. Ihre Liebe füreinander verwandelte sich in eine Art intellektuellen Zusammenlebens; wie intime Freunde wussten sie alles voneinander. Was sie verband, war ein Gewebe aus Freundschaft, Wissen, Pflichten und Respekt. Der dünne goldene Faden, die Leidenschaft, war irgendwo auf dem gemeinsamen Lebensweg abgerissen, und die beiden Enden ließen sich nicht mehr aneinanderfügen.

Eines Tages brachen sie von Cirey auf und mieteten in der Rue Traversière in Paris ein Haus. Danach hielten sie sich nie lange an einem Ort auf, sondern zogen wie Figuren in einem Brettspiel zwischen Paris, Brüssel, Versailles und Cirey umher.

Émilie liebte es, in der blauen Abenddämmerung am Fenster zu stehen. Paris hatte viele Gesichter. An frostigen Wintertagen war die Seine schwarz und abweisend. Im Sommer tiefgrün, manchmal auch in frischem Blau oder Weiß glitzernd. An manchen Abenden war sie aber graublau, schien im Dunkeln so unscheinbar und klein, traurig und voller Wehmut wie Émilie selbst.

Die Begierde ist ein anspruchsvoller Gast, den man auf Dauer nicht beherbergen kann. Wenn zwei Menschen sich nicht mehr gegenseitig begehren, bleiben immer noch Verständnis und gemeinsame Freuden: die Freude am Lesen, die Freude am Lernen, die Freude am guten Geschmack. Doch die größte aller Freuden, diejenige, die dem Menschen Lust am Leben bereitet, ist die Liebe. Émilie hatte sie gehabt, besaß sie aber nicht mehr. Zwar standen Voltaire und sie sich immer noch sehr nahe, und solange es nicht zu sehr schmerzte, wollte sie Voltaire lieben. War es nicht trotz allem besser zu lieben als geliebt zu werden? Ein Mensch, der einen anderen Menschen liebt, verschenkt einen Teil von sich, etwas Unschätzbares. Derjenige, der diese Liebe als Geschenk empfangen darf, kann selbst kalt wie Stein sein. Seit vielen Jahren teilte sie ihr Leben mit Voltaire. Jetzt war die Lust verschwunden, verstorben, konnte nicht mehr zum Leben erweckt werden. Ihre Freundschaft und ihre gemeinsamen Freuden würden aber ewiglich währen, das war ihre Hoffnung.

Émilie hatte wieder mit dem Schreiben angefangen. Jetzt

schrieb sie nicht nur über die Wissenschaften, sondern auch über sich selbst, wer sie gewesen und wer sie geworden war. Sie saß am Fenster, bis die Morgendämmerung ein scharfes Licht auf den Schreibtisch warf. Das weiße Papier, normalerweise voller Formeln und Beweise, war mit Schriftzeichen bedeckt, mit einem persönlichen Geständnis, das sie nie zuvor gewagt hatte, in Worte zu fassen. Sie war auf dieser Welt, um glücklich zu sein. Das durfte sie nie vergessen.

Um seine Ziele zu erreichen, muss der Mensch wissen, wer er wirklich ist und was er mit seinem Leben beabsichtigt. Weil sie das nicht begreifen wollten, lebten viele Menschen in ewiger Unsicherheit. Morgens zerstörten sie das, was sie am Abend zuvor aufgebaut hatten, und verbrachten das ganze Leben damit, dieses zu bereuen. Endlich hatte Émilie das, was für sie persönlich am wichtigsten war, in Worte fassen können. Nur für sich selbst hatte sie es aufgeschrieben, für niemanden sonst. Es war ihr Testament der Liebe.

War es eine Vorahnung? Sie sammelte die Papierbögen, nahm ein schwarzes Seidenband und wickelte es straff um das kleine Bündel herum, schrieb Datum und Jahreszahl. 1747. Das Papierbündel legte sie in eine Schublade ihres Schreibtisches. Dort würde es bleiben müssen, bis sie eines Tages die Kraft aufbringen würde, das durchzulesen, was sie geschrieben hatte.

Saint-Lambert

Es war ein dunkler Winterabend. Im Februar waren die Tage noch kurz. Sie waren fast in der Mitte des Jahrhunderts angekommen. 1748. Newton hatte recht gehabt, die Erde war keine perfekte Kugel, an den Polen war sie abgeflacht. Und was mehr? Noch immer wussten sie nicht alles. Émilie saß angespannt auf dem harten Sitz in der Kutsche. Ein neues Jahr hatte begonnen, und eigentlich war sie des Reisens müde. Zu lange waren Voltaire und sie von einem Ort zum anderen gezogen, als folgten sie einem verborgenen Muster.

»Wir hätten diese Reise nicht machen dürfen, nicht jetzt. Wir sind sicher die Einzigen, die glaubten, dass eine Reise zu dieser Jahreszeit einfach wäre.«

Sie blickte auf die scharf geschnittene Silhouette neben sich. Voltaire machte nicht den Eindruck, dass er sich darauf freute, endlich am Ziel anzukommen; er wirkte müde und abgespannt. Mit Sicherheit teilte er ihre Meinung, aber er war zu bedrückt, um etwas zu erwidern. Émilie suchte nach ein paar aufmunternden Worten. Eigentlich hätten sie sich über die Einladung an den Hof in Lunéville freuen müssen, das aber wollte er nicht zugeben. Émilie fror, und sie zog ihren Umhang fester um sich. Dennoch strömte kalte Luft an ihrem Schlüsselbein herunter. Im Wagen zog es, als befänden sie sich unter freiem Himmel und nicht im Inneren einer Kutsche.

In der Nacht vor ihrer Abreise hatte sie kaum geschlafen, es gab so vieles vorzubereiten und zu planen. Schließlich hatte sie noch eine große Menge Papiere und Bücher eingepackt, alles, womit sie sich in letzter Zeit beschäftigt hatte. Die Übersetzung von Newtons ›Principia‹ aus dem Lateinischen ins Französische nahm langsam Form an.

Sie hatte befürchtet, dass Voltaire ihr fremd werden könnte ohne die Liebe, die sie einst verbunden hatte, doch das Band zwischen ihnen ließ sich nicht so leicht lösen. Anscheinend war es im Augenblick nicht möglich, zu ihm durchzudringen, und so schwieg sie. War er immer noch darüber verärgert, dass sie ihn zu dieser Reise gedrängt hatte? Sie hatte doch nur versucht, eine Lösung zu finden, als sie sich am Hofe des Königs blamiert hatten und sich der peinlichen Lage irgendwie entziehen mussten. Unentwegt hatten sie darüber gestritten, wessen Fehler es gewesen war, und sich gegenseitig beschuldigt. Für Émilie war es selbstverständlich gewesen, dankend anzunehmen, als ihnen unerwartet das Angebot gemacht wurde, in Lunéville Quartier zu beziehen. Jetzt aber überlegte sie, ob es vielleicht besser gewesen wäre, nach einer anderen Lösung zu suchen. Würden sie dort die nötige Ruhe für ihre Arbeit finden? Das Wohnen auf Cirey hatte gewisse Vorteile, das war unbestreitbar. Und wenn sie ehrlich war, hatte sie nicht die geringste Lust, den Hof des polnischen Exilkönigs Stanislaus I. zu unterhalten.

Sie reisten durch vollkommene Dunkelheit. Doch als der Wagen von der langen Allee abbog, wurden sie von brennenden Laternen entlang des Weges überrascht, der sich in langgezogenen Bögen zum Schloss hinaufschlängelte. Sie leuchteten ihnen den Weg und schienen wie ein Versprechen dessen, was sie erwartete. Die dunklen Räder rollten durch ständig wechselnde Räume von Licht hindurch.

Émilie nahm ihren Teil der Schuld auf sich, doch im Grunde war es Voltaire, der sie in die jetzige Lage gebracht hatte. Émilies Status am Hofe war unantastbar, indiskutabel und selbstverständlich, während Voltaires Stellung nie etwas anderes als unsicher sein würde, da er von Geburt kein Adliger war. Dass sie gerne große Summen am Spieltisch verschwendete, war einzig und allein ihre Sache, außerdem gehörte es zum Leben eines Aristokraten gewissermaßen dazu.

Zu eben jenem Fauxpas, der sie in Ungnade hatte fallen lassen, war es gekommen, als sie sich in der Sommerresidenz von Louis XV. in Fontainebleau aufhielten, wo der Hofstaat während der Jagdsaison residierte. Abends wurde gespielt, was immer ihnen beliebte: Brettspiele, Würfelspiele, verschiedene Kartenspiele. Émilie war es gewohnt, am Spieltisch hohe Summen zu riskieren; wenn sie erst einmal angefangen hatte, schaffte sie es nur selten, damit aufzuhören. Oft gewann sie, denn es fiel ihr leicht, sich Kartenkombinationen zu merken.

Mit jedem Einsatz schlug der Puls schneller, wurde die Atmosphäre angespannter. Die Menschen am Spieltisch waren nervös, niemand wollte verlieren. Für Émilie sah es in diesem Moment schlecht aus, die letzten Runden hatte sie allesamt verloren. Voltaire spielte nicht. Er ging in der Nähe des Tisches unruhig auf und ab, konnte sich auf nichts konzentrieren, solange Émilie dort saß; es fiel ihm schwer, sich zu beherrschen. Sie hatte hektische rote Flecken am Hals, und die Röte kroch immer höher am Haaransatz entlang, was selbst der Puder nicht verbergen konnte. Als sie die zehnte Runde verloren hatte, warf sie den Kopf nach hinten und lachte laut auf. Blicke wurden gewechselt, gewiss würde sie jetzt aufhören und einsehen, dass es einfach nicht ihr Abend war.

Sie drehte sich zu Voltaire um, der hinter ihren Stuhl getreten war.

»Welcher Verlust, geradezu lächerlich«, sagte sie und schüttelte den Kopf.

»Jetzt könnten Sie doch aufhören«, beschwor sie Voltaire leise.

»Ich möchte den Einsatz in dieser Runde verdoppeln. Oft hat sich für mich das Glück gewendet, wenn mehr auf dem Spiel stand.«

Émilie lehnte sich weit über den Tisch. Kurz darauf war sie mitten in einer neuen Runde. Voltaire seufzte, er konnte ihr nicht länger zusehen. Die anderen am Tisch waren immer noch dabei. Selbstverständlich, denn hier gab es jemanden, der gewillt war, an diesem Abend eine große Menge Geld zu verlieren.

Voltaire machte sich darüber Gedanken, wie sie es schaffen sollten, die Schulden zu begleichen. Eine solche Summe zahlte man schließlich nicht aus der Portokasse. Bei dem Verlust, der sich jetzt abzeichnete, würde Émilie Wechsel einlösen müssen, Wertpapiere, die jahrzehntelang nicht angerührt worden waren. Es würde einige Zeit in Anspruch nehmen, die Summe bereitzustellen.

Als er an Émilies Tisch zurückkehrte, hatte sie erneut verloren. Ihre Augen schauten leidenschaftlich in die Runde; sie redete mit lauter Stimme und war hochrot im Gesicht. Er erkannte sie nicht wieder.

»Sie spielen mit Gaunern«, sagte er zu ihr, auf Englisch, damit niemand sonst seine Worte verstand.

Für einen Moment wurde es still um den Tisch herum. Was hatte er da gesagt? Émilie legte die Karten hin, die sie auf der Hand hatte, und erhob sich schwerfällig nach den vielen Stunden am Tisch. Sie schaute Voltaire nicht an, sondern verließ wortlos den Raum. Er folgte ihr, das Spiel war vorbei.

Er wurde nicht direkt gezwungen, ins Exil zu gehen; es war jedoch ratsam, sich für eine Weile bedeckt zu halten. Einige der Anwesenden hatten seine Worte verstanden. So etwas kam einer Beleidigung des Königs gleich. Das war Émilie klar gewesen, sobald die Worte gefallen waren. Sie kannte das Hofprotokoll besser als Voltaire, da sie es als Kind hatte lernen müssen. Ihnen blieb nichts anderes, als abzureisen.

Auf Cirey hatten sie rastlos auf einen versöhnlichen Gruß aus Versailles gewartet. Der Winter war lang, und es gab keine Gäste mehr, die mit ihren Stimmen und Liedern die Räume füllten, kein Lachen war zu vernehmen, auch keine Diskussionen. Die Gäste waren weniger geworden, seitdem sie beide sehr oft auf Reisen waren und nur selten für längere Zeit auf Schloss Cirey verweilten.

Eine unerwartete Einladung von König Stanislaus nach Lunéville rettete sie. Émilie hatte sofort dankend angenommen, Voltaire hatte sich ihrem Willen gebeugt.

In der Lorraine, an der Grenze zu den vielen Kleinstaaten des Deutschen Reiches, lag Lunéville, ein glitzerndes Juwel in der Peripherie. Hier regierte Stanislaus Leszczyński, der König ohne Land. 1733 hatte er den Thron in Polen verloren, sich aber eine neue Welt im Exil erschaffen. Die Lorraine mit Schloss Lunéville wurde sein Königreich; hier hatte er einen eigenen Hof, wenngleich wenig Macht. Sein stärkster Trumpf war seine Tochter Maria Leszczyńska, die mit dem französischen König verheiratet war. Nach seinem Tod würde die kleine unabhängige Lorraine jedoch in die Hände des französischen Königs zurückfallen. Niemand dürfe es nach König Stanislaus übernehmen, so stand es im Vertrag.

Schloss Lunéville war eine Kopie von Versailles, dem prächtigsten aller Diamanten. Es war gebaut worden, um bewundert zu werden, und so hatte man mehr Wert auf Prunk und Glanz gelegt als auf Materialien, die Generationen überdauern würden.

Schließlich hielt der Wagen vor dem Schloss. Sie hatten so lange in derselben Stellung gesessen, dass ihre Glieder schmerzten und sie Mühe hatten, aus der Kutsche zu steigen. Als sie auf dem großen Platz vor dem Schloss standen, streckten sie die steifen Glieder. Wegen der Dunkelheit konnten sie kaum mehr als die Umrisse der Gebäude erkennen, die über ihnen emporragten. Doch hier ließe es sich bestimmt aushalten, da sie von Versailles nun mal ausgeschlossen waren. Sicher würden sie mit dem Besten, was das Schloss zu bieten hatte, empfangen werden. Voltaire nahm ihren Arm und drückte ihn leicht. Er lächelte. Endlich.

Wie erwartet war das Schloss auf die Gäste vorbereitet. Es war allgemein bekannt, dass Voltaire und Émilie Theater und Wissenschaften gleichermaßen schätzten, und jetzt stand für den Dichter und Philosophen das Theater am Hof bereit. Man freute sich darauf, das berühmte Paar kennenzulernen. Der gesamte Hofstaat war im Bankettsaal versammelt. Seide raschelte, Kristall glitzerte, und man wartete darauf, die Gläser auf die Gäste zu erheben, die in wenigen Minuten erfrischt und festlich gekleidet aus ihren Privaträumen zurückkehren würden.

Die Decke war mit großen Spiegelflächen bedeckt; dort oben konnte man sehen, wie sich die Menschen unten am Boden bewegten, wie sie einander entgegenglitten und kleine Gruppen bildeten. Als Émilie den Saal betrat, musste sie den Kopf in den Nacken legen und nach oben schauen, so schön war es. Es knackte leicht, als sie sich wieder aufrichtete; die Reise saß ihr noch immer in den Knochen. Doch Voltaire wirkte zufrieden. Der Empfang war so grandios und prunkvoll, dass seine düsteren Gedanken wie weggeblasen schienen.

Émilie sah großartig aus in ihrem grünen Seidenkleid, das das Grün ihrer Augen unterstrich und sie noch intensiver leuchten ließ. Auf Cirey, wo es legerer zuging, hatte sie das Kleid selten getragen, hier aber passte es. Sie wusste sich wirksam in Szene zu setzen und die Aufmerksamkeit auf sich zu lenken, wenn sie es wollte. Und jetzt wollte sie und zeigte offen ihren Adelsstand.

Ein Bad hatte für sie bereitgestanden, als sie den Raum betrat, in dem sie wohnen würde. Allein der Anblick der Badewanne neben dem knisternden Feuer hatte sie glücklich gemacht, hier verstand man offensichtlich ihre Bedürfnisse. Als das Mädchen ihr die Haare hochsteckte, fielen ihr die Kämme mit eingelegten Jadestückchen ein, ein Geschenk von Voltaire. Sie suchte sie heraus und ließ sie sich im Haar befestigen; sie waren wunderschön. Auf Cirey trug sie ihre Haare, die sich eigensinnig kräuselten, meistens offen. Jetzt spürte sie die Frisur perfekt und straff um ihren Kopf.

Kurz darauf wurden Voltaire und Émilie von der Gastgeberin Madame de Boufflers empfangen. König Stanislaus' Geliebte, die mit vollem Namen Marie Françoise Catherine de Beauvau-Craon hieß, war eine äußerst elegante Frau. Das tiefblaue Kleid aus Velours schmiegte sich eng an ihren Körper, bevor es sich zu einem prächtigen Rock ausweitete. Sie machte einen natürlichen und unbeschwerten Eindruck, und doch stand es in ihrer Macht zu entscheiden, wer sich am Hofe wohlfühlen durfte und wer nicht.

»Der Hof interessiert sich besonders für Ihre Arbeit über Newton. Hier im Schloss sind wir alle Anhänger der Aufklärung«, sagte sie, nachdem man ein paar freundliche Worte gewechselt hatte.

Émilie freute sich; es war wie eine Zusicherung, dass sie am Hofe gute Arbeitsbedingungen vorfinden würde.

»Wir sind stolz darauf, im Schloss einen freien und offenen Umgangston zu pflegen. Möglichst wenig gekünstelte Formalitäten, nicht wahr?«

Marie Catherine schaute den König, der zu ihnen getreten war und jetzt zustimmend nickte, fragend an. Zuversichtlich stand er hinter ihr, unerschütterlich wie ein Berg, solide. Es war nicht zu übersehen, dass er irdische Freuden zu schätzen wusste. Marie Catherine stellte sie dem König vor. Émilie verneigte sich tief, stolz und gerührt über den Empfang.

Während Madame de Boufflers sich Voltaire zuwandte, trat der König neben Émilie und fragte eifrig: »Was meinen Sie, ist sie nicht reizend? Sie bringt so viel Licht und Glanz in mein Leben, ich erkenne mich selbst nicht wieder. Sie liebt alles, was das Leben zu einem Fest macht.«

»Sie können sich glücklich schätzen, sie zu haben«, antwortete Émilie. »Ich werde alles dafür tun, dass sie und ich Freundinnen werden.«

»Für mich ist es ein Glück, dass sie hier ist. Sie wird Ihnen das Beste geben, was der Hof zu bieten hat. Es soll Ihnen an nichts mangeln.«

Der König strahlte, er war eindeutig verliebt.

Ein Jahr zuvor war die Königin gestorben und hatte den König zum Witwer gemacht. Marie Catherine war durch ihren Bruder, den Prinzen von Beauvau-Craon, an den Hof gekommen, denn dieser genoss das volle Vertrauen des Königs. Sie liebte es, ihren Mitmenschen eine Freude zu bereiten, ließ sich aber auch gern von ihnen unterhalten. Jetzt regierten im Schloss Marie Catherines zahlreiche Schwestern; sie halfen ihr im Stillen damit, sich das Leben so einzurichten, wie sie es sich immer erträumt hatte.

Die Diener, die während des Banketts hinter den Stühlen der einzelnen Gäste standen, erfüllten ihnen jeden Wunsch. Auf dem enormen Büfett am Ende des Saales gab es große Schüsseln mit duftendem Rosenwasser. Die schweren Kristallgläser wurden gespült, sobald jemand ein Zeichen gab und ein neues Glas gefüllt werden musste.

Der König hatte dafür gesorgt, dass sich an seinem Hof östliche Sitten mit den französischen mischten. Die verstorbene Königin Katarina Opalinska hatte sich nie ganz an das Französische gewöhnen können und daher immer versucht, einige Elemente ihres Heimatlandes weiterleben zu lassen. Eine Menge Porzellanfiguren und Tafelaufsätze in hübschen Farben waren auf den Tischen verteilt, noch prächtiger als am Hofe von Versailles.

Noch wurde in Frankreich kein echtes Porzellan hergestellt. Voltaire wollte gern in die Produktion von Porzellan investieren, darüber müsste er sich mit dem König unbedingt unterhalten. König August, der in Sachsen regierte, besaß die geheime Formel. Er war es, der König Stanislaus ins Exil getrieben hatte, nachdem er selbst den Thron in Polen übernommen hatte. König Stanislaus redete nur ungern von ihm, doch er liebte das weiße Gold.

»Es geht das Gerücht, dass König August in Meißen ein Schloss besitzt, das aus Porzellan gebaut und mit Porzellan gefüllt ist. Dort gibt es angeblich alle Formen und Glasuren. Ist das wahr?«, fragte Voltaire.

Der König nickte. »Wer dem König von Frankreich so viel Porzellan schenken könnte, wie August es besitzt, dem wäre eine glückliche Zukunft sicher.«

Der König liebte aber das Theater noch mehr als das Porzellan. Daher wollte er, dass Voltaire an seinem Hof ein Stück inszeniere.

»›Die Prinzessin von Navarra‹, das Stück, das zur Hochzeit des Prinzen inszeniert wurde, vielleicht könnten wir das auch hier versuchen?«

»Sie sollten lieber eines wählen, das nicht so vieler Personen bedarf. Warum nicht ›Issé‹, das ist doch eine bezaubernde Oper?«

Der König war zufrieden, denn er wusste, dass Émilie

schon früher diese Oper gesungen hatte. ›Issé‹ wäre genau das Richtige für Schloss Lunéville.

Voltaire war müde, und auch Émilie sehnte sich nach ein paar Stunden Schlaf. Doch nach dem Essen gab es Musik. Die Orchestermusiker nahmen ihre Plätze ein, begannen die Instrumente zu stimmen und mit Notenblättern zu rascheln. Die Leute standen in kleinen Gruppen zusammen und machten Konversation, und immer wieder kam jemand auf sie zu, um sie zu begrüßen und sich mit ihnen zu unterhalten. Es würde nicht leicht werden, sich zurückzuziehen, zumal ihnen seit Langem keine solche Herzlichkeit entgegengebracht worden war.

In der Nähe des Orchesters stand ein Mann, der Émilie sofort aufgefallen war, als sie den Saal betreten hatte. Er war einen Kopf größer als die meisten anderen Anwesenden. Ein Offizier, das erkannte sie gleich. Am Tisch hatte er zu weit entfernt von ihr gesessen, sie hatten bisher kein einziges Wort gewechselt. Einmal hatte er sich umgedreht, während sie ihn beobachtete, und gelächelt, worauf sie etwas verschämt den Blick abgewandt hatte.

Jetzt unterhielt er sich mit jemandem vom Orchester, schaute sich die Instrumente an und ließ dabei seine Hand über die geschwungene vergoldete Harfe gleiten. Ein Musiker sprach ihn an und zeigte ihm ein Notenblatt. Das Repertoire des Abends.

Dann kam er auf sie zu. Hatte sie ihn allein mit ihren Gedanken angezogen? Aber vielleicht wollte er eher Voltaire als sie begrüßen?

Junge Männer bemühten sich oftmals darum, sich mit ihm unterhalten zu können, um von dem Älteren, der schon so viel erreicht hatte, Ratschläge zu bekommen. Doch er verbeugte sich vor ihr und forderte sie zum Tanz auf.

Émilie hatte lange nicht mehr getanzt, erhob sich aber sofort. Sie konnte unmöglich Nein sagen.

Noch hatte sie niemand miteinander bekannt gemacht. Mit aufrechter Haltung folgte sie ihm auf die Tanzfläche. Er nahm ihre Hand, und sie passte sich seinen Schritten an. Sie wechselten einige wenige Worte, er fragte sie, wie die Reise verlaufen sei. Dann endlich stellte er sich vor: Sein Name sei Jean François de Saint-Lambert, er sei ein Freund des Hofes, ein Offizier, zurzeit an der Garnison in Nancy stationiert. Er ließ ihre Hand los, und sie schritten in Kreisen umeinander herum. Ihr wurde ein wenig schwindelig. Sie machten kehrt, gingen wieder aufeinander zu. Er hatte dicke dunkle Locken. Zufällig berührte sie seine Schulter, spürte den groben Stoff seiner Jacke gegen ihre Hand. Anscheinend war er oft draußen an der frischen Luft, denn seine Haut war leicht gebräunt. Trotz der etwas steifen Uniform bewegte er sich elegant.

»Das Militärleben gefällt Ihnen?«, fragte sie ihn.

Er musste viele Jahre jünger sein als sie.

»Es ist nicht das Schlechteste. Mein eigentliches Interesse gilt jedoch der Literatur.«

Er sah ihr geradewegs in die Augen. Ahnte er, wie viel älter sie war? Sie hoffte es nicht.

»Das ist ein dornenreicher Weg«, entgegnete sie.

»Da haben Sie recht«, stimmte er ihr zu. »Aber die Literatur kann einem auch große Freude bereiten, das wissen Sie besser als ich. Die Poesie ist das Größte von allem.«

»Dann schreiben Sie also Gedichte, vielleicht Liebesgedichte?«

Warum hatte sie das gesagt?

»Ja, natürlich«, erwiderte er, »mich interessieren aber auch andere Themen. Ich arbeite an einem größeren Zyklus. Und Sie, gibt es für Sie nur die Wissenschaft?«

»Das genügt doch, will ich meinen. Ich bin gerade damit beschäftigt, Newton zu übersetzen. Haben Sie schon von ihm gehört?«

»Bei weitem nicht genug, erzählen Sie mir von ihm.« Er sah sie auffordernd an.

»Das ist nicht so einfach, ich würde die ganze Nacht dazu brauchen.«

»Es wäre mir ein Vergnügen. Und ich würde Ihnen im Gegenzug ein Gedicht über die Farbe Ihrer Augen vorlesen.«

»Vielleicht ein anderes Mal«, sagte sie, plötzlich etwas reserviert, um einem möglichen Missverständnis vorzubeugen.

Er verbeugte sich höflich und führte sie von der Tanzfläche. Seine Hand war warm. Sie blieben etwas unsicher stehen, suchten beide zögernd nach Worten, um das Gespräch elegant zu beenden. Schließlich entschuldigte er sich, sagte, er müsse gehen. Einen Moment legte er seine Hand auf ihre linke Hüfte, fast unmerklich, wie eine besondere Abschiedsgeste, dann war er fort.

Er war ein Freund des Hofes, sie würde ihn wiedersehen. Seine Hand. Sie war da gewesen, sie hatte sie gespürt.

Sie gesellte sich wieder zu Voltaire und dem König. Gewiss würden sie eine ganze Weile hier wohnen bleiben, und sie musste unbedingt etwas über den jungen Mann in Erfahrung bringen. Der König gab bereitwillig Auskunft.

»Saint-Lambert ist der Liebling hier am Hofe«, erzählte er. Er spähte durch den Raum, seine Blicke suchten Marie Catherine. »Madame mag ihn sehr, und ich kann ihr einfach nichts abschlagen.«

In Schwarz gekleidete Diener glitten geräuschlos durch den Saal und servierten Champagner auf silbernen Tabletts. Der König streckte die Hand nach einem weiteren Glas aus.

Voltaire und Émilie lehnten höflich ab und bedankten sich zum Abschied; der Abend sei großartig, ja überwältigend gewesen, aber nun müssten sie ausruhen.

Nachdem sie sich stundenlang im Bett hin und her gewälzt hatte, stand Émilie wieder auf. Auf dem Tisch im Salon lagen stapelweise Papiere, sie nutzte die Zeit, um sie zu ordnen. Die Kerze auf dem Tisch schuf einen hellen Kreis um sie herum, und sie musste unwillkürlich lächeln. Das Schloss, die Musik, die strahlenden Menschen: Das hier war ihre Welt.

Das langgestreckte Stallgebäude lag ein gutes Stück vom Schloss entfernt, die Gäste mussten aber nicht zu Fuß dorthin gehen. Normalerweise wurden die Pferde den Hügel hinauf zum Schloss geführt und dort denjenigen übergeben, die ausreiten wollten. Doch Marie Catherine hatte Émilie zum Ausritt eingeladen und angeboten, ihr zuvor den Stall zu zeigen, weswegen sie sich dort verabredet hatten.

Es war kalt, aber der Himmel war klar. Die Landschaft um Lunéville herum war recht flach und offen, und hoch zu Pferde hatte man eine weite Sicht. Marie Catherine schlug den Weg ein, der ihr selbst am besten gefiel, durch einen großen Wald mit alten Bäumen hindurch. Jenseits des Waldes befand sich ein kleiner See, um den herum ein hübscher Pfad führte.

Marie Catherine erzählte ungezwungen aus ihrem Leben. Sie war zusammen mit vielen Geschwistern auf dem Schloss Haroué aufgewachsen, ihre Mutter war eine große Schönheit gewesen. Saint-Lambert war ihr bereits während der Kindheit oft begegnet, sie waren im selben Schloss groß geworden. Sie selbst war nicht so hübsch wie ihre Mutter, hatte aber umso mehr Ausstrahlung. Kaum ein Mann konnte ihr widerstehen, und das hatte sie genutzt, als ihr damals König Stanislaus begegnet war und er sie und einige ihrer Schwestern zu einem Fest nach Lunéville eingeladen hatte. Schnell wurde sie die Favoritin des Königs, was ihr viele Vorteile einbrachte. Der König sorgte dafür, dass ihr Ehemann in der Nähe des Schlosses stationiert wurde, so war es am praktischsten. Als die Königin starb, wurde Marie Catherines Stellung am Hofe deutlich gestärkt. Sie war es, die den König davon überzeugt hatte, dass er Émilie und Voltaire einladen müsse.

»Das Leben der Männer ist so anders als unser eigenes Leben. Wir werden vom Willen anderer und vom Zufall bestimmt.«

Émilie nickte. Sie wusste, wie schwierig es war, sich das Leben so zu gestalten, wie man es sich erträumte.

»Wundert es Sie nicht, dass es über viele Jahrhunderte hindurch nie eine Frau gab, die hinter einer großen Tragödie, einem guten Gedicht, einem philosophischen Werk oder einer mathematischen Abhandlung stand?«, fragte sie Marie Catherine.

»Frauen dürfen nichts lernen, wie sollten sie da schöpferisch tätig werden?«

»Ich habe mir den Großteil meines Wissens selbst angeeignet. Nur die Götter wissen, welch harte Arbeit dahintersteckt. Wäre ich König, so würde ich dieses Unrecht abschaffen und Frauen auf allen Gebieten fördern.«

Sie ritten Seite an Seite und führten ein so vertrautes, unbeschwertes Gespräch, als wären sie immer schon Freundinnen gewesen.

Unten am Wasser angekommen, zügelten sie die Pferde und lenkten sie auf den Pfad, der um den See herumführte. Ein Vogel erhob sich von der spiegelglatten Wasserfläche und stieß dabei einen lauten Schrei aus.

»Solange ich Saint-Lambert habe, kann ich es mit dem König gut aushalten«, sagte Marie Catherine.

»Sie haben Glück«, entgegnete Émilie. »Lunéville ist ein Paradies. Ich habe gar keine Lust, von hier wieder abzureisen.«

»Bleiben Sie, solange Sie wollen! Wussten Sie eigentlich, dass Saint-Lambert Gedichte schreibt?«

»Ich habe davon gehört. Sind sie gut?«

Marie Catherine nickte und erzählte stolz, dass er ihr einige Verse gewidmet habe, wunderschöne Liebesgedichte.

Sie hatten den See umrundet. Alte Bäume und nackte Zweige spiegelten sich in der Wasseroberfläche.

»Mir ist kalt«, sagte Émilie. »Vielleicht sollten wir das Tempo ein wenig beschleunigen und zurückreiten?«

Émilie trieb ihr Pferd an, Marie Catherine folgte ihr, und bald galoppierten sie wieder durch den Wald, dem Schloss entgegen. Ihnen war warm geworden, als sie vor dem Stall abstiegen. In der kühlen Luft stieg Dampf von den Flanken der Pferde auf.

Viele Gespräche, neue Gesichter und Ereignisse ließen die Erinnerung an einen Mann, der die Hand auf ihre Hüfte gelegt hatte, als er sich verabschiedete, allmählich in Vergessenheit geraten. Die ersten Tage auf Lunéville waren mit Empfängen und Antrittsbesuchen ausgefüllt. Émilie ging von einem zum anderen in einer rastlosen, aber glücklichen Unruhe. Irgendwann fiel ihr der Zwischenfall wieder ein, und sie verspürte Lust, ihn wiederzusehen. Doch sie war ein Gast und verhielt sich entsprechend, wartete ab und vergaß wieder. Die Zeit wirkt immer mäßigend, man braucht nur abzuwarten, bis sich das, was einem eben noch so wichtig erschien, beruhigt und abgeschwächt hat. Auf diese Art und Weise geht manches vorbei.

Der König liebte jede Art von Amüsement und veranstaltete ununterbrochen verschiedene Aktivitäten, wobei er darauf bestand, dass sich alle daran beteiligten. Es würde nicht leicht werden, Ruhe zum Arbeiten zu finden, wie es sich Émilie und Voltaire erhofft hatten. Auf dem Schreibtisch lag ein Stoß mit Papierbögen voller Berechnungen, Formeln und Zahlenreihen, über und über mit Randbemerkungen versehen. Émilie nutzte die wenige Zeit, die ihr zwischen den Veranstaltungen blieb, arbeitete frühmorgens und spätabends, bevor sie zu Bett ging. Die Übersetzung der ›Principia‹ war schon recht weit gediehen. Früher hatte sie wegen einer mathematischen Gleichung oder eines geometrischen Beweises die Zeit vergessen können. Jetzt nahm sie gleichzeitig am Hofleben teil.

Das Theaterensemble des Hofes inszenierte Theaterstücke und Opern, um den König und seine Gäste zu unterhalten.

Die Theaterbühne, die er hatte errichten lassen, war von der Bühne in Versailles inspiriert. Als er seine Tochter zum ersten Mal dort besucht hatte, beschloss er, in Lunéville eine ähnliche Bühne zu bauen. Mit Ornamenten hatte man sich zurückgehalten; hier war nichts überladen oder vergoldet, lediglich ein paar grüne Blumenranken schlängelten sich über die weiße Bühne – genau der richtige Stil für die zarte Musik von Destouches und die poetischen Worte von La Motte, die sie jetzt inszenieren wollten.

Auch die Gäste bekamen Rollen zugeteilt. Selbstverständlich spielte Émilie Issé, das war *ihre* Rolle, sie hatte die Oper mehrere Male gesungen und liebte sie sehr. Handwerker arbeiteten an der Bühnendekoration. Eine überirdische, wunderschöne Landschaft entstand, mit Blumen, Bäumen, Bergen und Tälern und einem rieselnden Bach – die Landschaft der unglücklichen Schäferin.

Als sie mit den Proben für die Premiere begannen, warf die Helligkeit des herannahenden Frühlings ein scharfes Licht auf die Fußböden des Schlosses. Der König setzte sein Vertrauen in Émilies Fähigkeiten und wollte ihr außerdem noch eine Freude bereiten; er hatte von ihrem Gesang gehört und bat sie, ihm behilflich zu sein, die Leute für die verschiedenen Rollen des Stückes auszusuchen. So viel Macht wollte sie aber nicht, es war Marie Catherines Privileg, das wusste doch der König. Deswegen entschuldigte sie sich damit, dass sie sich um ihre Arbeit kümmern müsse.

Der König hatte einen Blick für alles, was sich in Szene setzen ließ. Als ihm dieses kleine Stück Land auf französischer Erde zugeteilt worden war, hatte der Umbau des Schlosses nicht nur von den Schlossarchitekten und den Handwerkern einen enormen Einsatz verlangt, sondern auch vom König und seinem Hofstaat, die dort wohnen würden. Das alles hatte viel Zeit in Anspruch genommen. Wochen- und monatelang hatten sich die Architekten täglich im Empfangszimmer des Königs eingefunden, wo sie Zeichnungen, Anschauungstafeln und Pläne auf dem großen Marmortisch ausgebreitet hatten. Jeden Tag hatten sie damit gerechnet, dass der König dessen überdrüssig werden und sagen würde, dass er nun genug Varianten der verschiedenen Zeichnungen gesehen habe, sollten sie es doch so entscheiden, wie sie es selbst für richtig hielten. Doch der König war unermüdlich, wenn es darum ging, Lösungen zu studieren und Möglichkeiten einzuschätzen, um herauszufinden, wie es am besten aussehen würde. Er suchte nicht nach preiswerten oder praktischen Lösungen, sondern nach dem, was in seinen Augen am schönsten war. Das Sichtbare musste prächtig aussehen, die Ideen der Aufklärung darin zu erkennen sein.

Und so hätten allein die Kostüme für ›Issé‹ eine Aufführung gelohnt. Die Stoffe hatte man beim Textillieferanten des Hofes in Nancy bestellt; er war der Einzige, der die Qualität, die der König haben wollte, liefern konnte. Schneeweiße, cremefarbene oder zartgelbe Seide, Velours in Violett und Lavendel, hellgrüner Taft. Die Hofschneider nähten Kleider, auch für diejenigen, die keine Rollen hatten. Marie Catherine bekam das schönste Kleid von allen; natürlich durfte niemand die Favoritin des Königs, die mächtigste Frau am Hofe, überstrahlen.

Voltaire führte Regie, und er machte sich Sorgen. Auf Émilie konnte er sich verlassen, aber wenn es um die anderen Schauspieler ging, war er unsicher. Ihm gefiel jedoch, dass Saint-Lambert die Rolle des Apollo spielen würde; er wirkte talentiert, nicht zuletzt kraft seiner Jugend. Daran hatte auch Émilie nichts auszusetzen. Dabei wusste Voltaire, dass sie sehr kritisch sein konnte.

Schon jetzt sehnte er sich zurück nach Paris. Hier am Hofe in Lunéville drehte sich alles um Vergnügen und Unterhaltung; er konnte sich nicht genügend seiner Arbeit widmen, fand keine Ruhe. Auch Émilie arbeitete nicht so viel wie sonst. Es wäre besser, bald abzureisen, vielleicht nach der Aufführung der Oper. Einen früheren Aufbruch würde der König nicht dulden.

Die ersten Proben waren chaotisch. Voltaire war es gewohnt, mit erfahrenen Schauspielern zu arbeiten, und er ärgerte sich, wenn jemand nicht verstand, was er zu tun hatte. Nur langsam zeigten sich erste Fortschritte. Émilie kannte die Oper beinahe *zu* gut und versuchte, sich in Geduld zu üben – mit unterschiedlichem Erfolg. Viele waren unsicher, wenn es um Stichworte oder Positionen ging, erschwerend kam der Gesang hinzu.

Einige Schauspieler schritten unsicher und unbeholfen über die Bühne. Man probte und probte, immer und immer wieder. Nach und nach wurde es besser, und Voltaire schöpfte Hoffnung. Kostüme und Kulissen wurden mehrmals verändert, entweder weil der König es so wollte oder weil Voltaires scharfes Auge festgestellt hatte, dass etwas nicht passte. Trotzdem, ganz zufrieden waren sie beide anscheinend nie während dieser Probenphase. Es hätte immer noch besser, noch perfekter werden können.

Voltaire hatte Émilie gefragt, wie lange sie sich vorstellen könne, hier im Schloss zu bleiben. Sie spürte, dass sie die Premiere wie einen Schild vor sich hochhielt, denn so brauchte sie nicht nach anderen Argumenten für ihren Verbleib auf Lunéville suchen. Sie wusste es nicht. Saint-Lambert würde Apollo spielen. Das Ende der Oper war schön, aber grausam, die letzte Szene hatte sie immer sehr beeindruckt. Issé wird vom Chor getröstet und sinkt in einen beruhigenden Schlaf, nachdem sie eingesehen hat, dass ihre Liebe zu Apollo nie erwidert werden kann; sie wird niemals glücklich werden, weil er kein Mensch ist, sondern ein Gott.

Émilie wollte so lange wie möglich auf Lunéville bleiben, das war die Wahrheit. Eines Abends, nachdem sie in ihrem Salon ihre Soli geübt hatte, trat sie ans Fenster, zog die leichte Seidengardine zur Seite und starrte in die blauschwarze Nacht hinaus. Auf der anderen Seite des Parks, im Dunkeln fast versteckt, konnte sie einen zitternden Lichtschein erahnen. Vor ihrer Abreise musste sie dem, was ihr Herz beschäftigte, auf den Grund gehen. Es gab keinen anderen Weg.

Sie stand im dunklen, kalten Korridor hinter der Bühne und wartete auf ihr Stichwort. Sie zitterte vor Kälte, denn der Flur wurde nicht geheizt. Saint-Lambert stand direkt hinter ihr, sie würden beide gleichzeitig auftreten. Er berührte sie behutsam zwischen den Schulterblättern und ließ seine Hand bis zu ihrer Taille gleiten. Die Hand blieb am Kreuzbein liegen. Émilie drehte sich um, ihre Lippen streiften sich, es war zweifelsohne ein Kuss. Sie blieb stehen; oder ging sie ihm sogar einen Schritt entgegen? Er kam näher. Sie wich nicht zurück, blieb so nahe stehen, dass sie seine Wärme, seinen Atem spüren konnte. Sie hätte ihre Hand ausstrecken und seinen Hals streicheln können. Sie wollte genau so stehen bleiben, schreckte dann aber mit einer viel zu schnellen Bewegung zurück und wäre beinahe rückwärts gefallen, weil sie auf den Saum ihres Kleides trat. Dann hörten sie ihr Stichwort, sie mussten die Bühne betreten. Jetzt ging es los. Émilie war vollkommen durcheinander; befand sie sich noch in der Realität? Sie spürte, wie ihr Puls hämmerte; ihre Stimme würde sich bestimmt überschlagen. Sie ging auf die Bühne, ohne zu wissen, was geschehen würde. Glücklicherweise fiel ihr der Text wieder ein, doch Saint-Lambert konnte sie nicht in die Augen sehen.

Sobald der Beifall sich gelegt hatte und der letzte Vorhang gefallen war, verließ sie die Bühne. Noch einmal stand sie in der staubigen Dunkelheit hinter den Kulissen. Sie verspürte den Wunsch, alleine dort zu verweilen, doch das war unmöglich, denn sie wurden zum königlichen Souper erwartet, um die gelungene Aufführung zu feiern.

Sie war in einer seltsamen Stimmung und wünschte, dass diese anhalten würde. Es war ein Glücksgefühl, das jedoch eigenartigerweise schwer auf ihr lastete, ja gefährlich erschien. Sie würde es abschütteln müssen, sobald sie aus diesen Kulissen hervortrat. Hier hinten war alles still und undurchdringlich. Sie drehte sich dem großen Spiegel zu, der an der Tür hing, und versuchte, ihr eigenes Gesicht zu ergründen. Tiefe Schatten lagen darauf. Mehr Schatten als früher, das Gesicht war älter geworden.

Sie vernahm Schritte und ging rückwärts zur anderen Seite hinüber, ohne einen Laut von sich zu geben, wollte jetzt niemandem begegnen. Sie wartete ab, bis die Stimmen leiser wurden und schließlich ganz verschwanden. Dann schlich sie unbemerkt davon.

Im hell erleuchteten Saal nahmen die Gäste ihre Plätze dem Rang und den Rollen entsprechend ein, die sie in der Aufführung gespielt hatten. Nach den geltenden Regeln würden Émilie und Saint-Lambert nebeneinander am Tisch sitzen. Sie hatten die Hauptrollen gespielt, das unglückliche Paar Apollo und Issé, die einander nicht bekommen konnten. Wenn allerdings mehr Wert auf die Etikette am Hof als auf die Theatervorstellung gelegt werden würde, müsste Marie Catherine Saint-Lambert als Tischnachbarn haben. Da sie die Dame des Königs war, war sie auch der Anfang und das Ende aller Dinge, auf der einen Seite der Ursprung jeglicher Gunst, auf der anderen die Ursache von Schmach und Schande. Émilie ging davon aus, dass sie den Kürzeren ziehen würde, war aber froh darüber, denn es wäre besser so.

Als sie den ihr zugewiesenen Platz einnahm, saß Saint-

Lambert bereits auf dem Stuhl neben ihr. Marie Catherine betrachtete sie also nicht als Rivalin. Als sie sich setzte, wandte er sich ihr zu und erklärte ihr lächelnd, worüber sie sich gerade unterhalten hatten, um sie an dem Gespräch teilhaben zu lassen. Sie nickte dankbar und beteiligte sich, wobei sie vor lauter Eifer zu schnell redete. Auf einmal war sie eine ganz andere Frau, eine Frau, die glänzte und das Gespräch auf einen intellektuellen Höhenflug lenkte, mit dem niemand gerechnet hatte. Sie glühte vor Erfolg, fühlte sich vollkommen wach und unglaublich lebendig. Die Oper war wunderschön gewesen, der König war zufrieden und Voltaire erleichtert. Mit erhobenen Gläsern tranken sie auf ›Issé‹. In den schäumenden Perlen lag Kunst.

Sie saßen Seite an Seite und sahen sich nur selten einmal direkt an, doch zwischendurch tauschten sie Blicke aus, nickten, waren derselben Meinung, kommentierten das, was jemand gesagt hatte. Er lehnte sich an sie, flüsterte ein paar Worte, und sie spürte den leichten Druck seines Arms gegen den ihren, den rauen Stoff seiner Jacke an ihrem nackten Arm. Wie zufällig blieben ihre Arme dicht nebeneinander liegen. Ganz schwach nahm sie den Duft seines Parfums an seiner glatt rasierten Wange wahr.

Ihr Herz war versiegelt. Niemand durfte etwas erfahren, wenngleich sie glaubte, dass es ihr zustand, dass sie es verdient hatte. Ihr würde nichts anderes übrig bleiben, als dieses ganz besondere Gefühl im Stillen zu genießen. Es vor Voltaire und dem Hofe geheim zu halten, würde sie unendlich viel Kraft und Zurückhaltung kosten, aber dazu war sie bereit. Sie wünschte sich nur noch, ihn zu sehen, seinen Arm neben dem ihren zu spüren. Den Kuss hinter den Kulissen hatte sie sich eingeprägt und bewahrte ihn wie einen Schatz in ihrem Inneren. Allein der Klang seines Namens war für sie wie eine Liebkosung, die ihre Wange streichelte und ihr Blut in Wallung versetzte. Mitten im Gespräch wechselte sie manchmal das Thema, nur um eine Gelegenheit zu finden, seinen Namen zu erwähnen.

Das Ganze war in vielerlei Hinsicht unmöglich. An ihrer Loyalität Voltaire gegenüber durfte nicht gerüttelt werden: Er war ihre zweite Hälfte; sie beide waren wie ein Grundsatz, ein Prinzip. Und doch gab es etwas, das sie mit Voltaire nicht mehr teilte. Saint-Lambert hatte sie so zärtlich berührt, dass etwas in ihrem Inneren wie ein Eisblock im Sommer dahingeschmolzen war.

Der zweite Grund hieß Marie Catherine, und das war sogar noch ernster zu nehmen. Schon nach kurzer Zeit am Hofe hatte Émilie alle Details erfahren; eine der erzieherischen Aufgaben des Hofes bestand darin, neue Gäste in die Angelegenheiten einzuweihen, nach denen sich das Leben am Hofe zu richten hatte. In einem entlegenen Teil des Schlosses, auf der anderen Seite des Gartens, gab es Räume, an die sich niemand mehr erinnerte. Sie waren nach dem Umbau des Schlosses übrig geblieben. Die Architekten hatten Pläne und Zeichnungen in so großem Umfang und so raschem Tempo geliefert, dass der König die Übersicht über seinen Besitz verloren hatte.

Es fiel nicht weiter auf, dass Essen und gute Weinflaschen drüben abgeliefert wurden, in einem so großen Haushalt war es leicht, solche Ausgaben zu vertuschen. Der übergewichtige König nahm es nicht so genau. Er liebte Marie Catherine, seine Freuden gingen aber in Richtung dessen, was er in den Mund stecken und herunterschlucken konnte. Es war nicht schwierig, mit den kleinen Eifersuchtsszenen des Königs fertig zu werden, sie wusste, wie sie ihn wieder glücklich und zuversichtlich machen konnte.

Saint-Lambert war als Aristokrat geboren und hatte es erreicht, der Liebhaber der Mätresse des polnischen Exilkönigs zu werden. Da Marie Catherine in Lunéville sehr viel Macht besaß, hatte auch er selbst einen hohen Rang inne.

Als Saint-Lambert Émilie einlud, mit ihm im Park spazieren zu gehen, brach sie ohne zu zögern das eigene Versprechen, ihre Gefühle für sich zu behalten. Der Brief, den sie am Morgen von ihm erhalten hatte, versetzte ihr einen Glücksstoß. Er wollte sie treffen.

Am Abend der Premiere hatte er sie geküsst und ihren Arm berührt, und sie hatte darauf reagiert. Sie hätte es übersehen können, er hätte seine Hand zurückgezogen, als wäre nichts geschehen. Es lag an ihr, zu handeln oder aber nichts zu unternehmen. Sie war die Ältere, sie hatte einen Ruf zu verlieren. Doch sie hatte ihm die Begierde, die er in ihr entfacht hatte, gezeigt. Solange er der Einzige war, der davon wusste, könnte es trotzdem gut gehen.

Im April war der Schlosspark ein herrlicher Ort, der von

den Gästen gerne genutzt wurde. Große, offene Plätze, gerade Wege und phantasievoll geschnittene Hecken verliehen ihm strenge Formen, aber auch schattige Pfade entlang rieselnder Bäche unter alten Bäumen waren dort zu finden. Sie schlenderten im Park umher, während das Tageslicht schwächer wurde und der Abend kam, um diejenigen zu schützen, die etwas zu verbergen hatten.

Sie gingen Seite an Seite, schauten sich dieselben Dinge an, bewunderten Details, einen Strohhalm, die Kerbe in einem Baumstamm. Jedes Mal, wenn sie außer Sichtweite der anderen Gäste waren, umarmten und küssten sie sich stürmisch. Ihre Wangen glühten, und ihre Lippen wurden wund.

Schließlich bat er sie, sich auf eine Bank zu setzen. Sie fröstelte, jetzt wurde es ernst. Nur zu gut wusste sie, welche Hindernisse zwischen ihnen standen, doch sie war so sehr mit ihrem schlechten Gewissen beschäftigt gewesen, dass sie es vermieden hatte, nach vorne zu schauen, sich Gedanken über die Zukunft zu machen. Doch nun konnte sie nicht länger die Augen vor der Realität verschließen, und so hörte sie ihm ernsthaft zu.

Émilie habe ihn sehr gefesselt und er sei nicht mehr in Marie Catherine verliebt, erklärte er, aber so wie die Dinge lägen, wäre es nicht einfach, mit ihr zu brechen; er hoffe, dass Émilie ihn verstehe. Er legte ihre kalten Hände in die seinen und küsste beide Handflächen.

Er war jung, stark, furchtlos und besaß einen Blick, der nichts und niemandem auswich. Er erzählte ihr, dass er auf die Offiziersschule in Nantes gegangen sei, aber früh herausgefunden habe, dass ihm eine militärische Karriere nicht genüge. In seiner Kindheit habe ihn ein Onkel unterrichtet und dabei sein dichterisches Talent entdeckt. Wenn er eines Tages vom Offiziersleben Abschied nehmen könne, würde er auf die Poesie bauen. Er hoffte, dass sie seine Gedichte lesen wolle.

Émilie verstand, dass sie diesen Mann niemals für sich allein haben würde, das hätte ihr eigentlich von Anfang an klar sein müssen. Sie musste unbedingt lernen, sich mehr zusammenzureißen, besonnen zu handeln, die Dinge besser zu analysieren, um keine falschen Zusammenhänge herzustellen.

Er schien erleichtert, dass sie so vernünftig reagierte. Doch was würde nun werden? Vollkommen klar schien die Situation immer noch nicht. Denn da gab es zweifelsohne etwas zwischen ihnen, das es eigentlich nicht geben durfte.

Es konnte also nur darum gehen, den Schaden so gering wie möglich zu halten. Sie war dem Liebling der Dame des Königs verfallen und würde diesen Kampf wahrscheinlich verlieren.

Émilie hatte ihr inneres Gleichgewicht verloren. Sie fühlte sich vollkommen unausgeglichen – sie brannte, verbrannte, wechselte von einem Zustand zum anderen. Alles war in Bewegung, änderte sich von einer Sekunde zur nächsten. Was sie gestern gedacht hatte, galt heute nicht mehr. Der Zweifel und die Selbstsicherheit hatten sich gefunden und von ihrem Inneren Besitz ergriffen, wo sie sich gegenseitig bekämpften, was durch Schweißausbrüche, Nervosität und Herzklopfen zum Ausdruck kam. Es hatte sich alles viel zu schnell entwickelt. Der ursprüngliche Zustand, in dem sie mit Voltaire und der Wissenschaft Seite an Seite, in fruchtbarer und einträchtiger Harmonie, zusammengelebt hatte, war wie ausgelöscht.

Émilie hatte die Abreise von Lunéville schon mehrmals verschoben, und Voltaire wurde langsam rastlos. Vorläufig war es aber einfach, Gründe für ihren Verbleib zu finden. Der König veranstaltete ein Fest nach dem anderen; er wollte so viele Menschen wie möglich um sich haben. Da ›Issé‹ ein voller Erfolg gewesen war, träumte er davon, dass Voltaire auf Lunéville ein eigenes, neues Stück inszenieren würde.

Vermisste sie etwas aus ihrem alten Leben? Die Aussicht von ihrem Arbeitszimmer auf Cirey vielleicht, den Schreibtisch mit allem, was ihr lieb war, in Reichweite. Dort hatte sie trotz allem besser arbeiten können, mit Voltaires feuriger Gegenwart im Hintergrund, die sie in den ersten Jahren zu immer größeren Leistungen angespornt hatte.

Sie war einundvierzig Jahre alt. Die größte Freude in ihrem Leben war stets die Freude an ihrem eigenen Wissen gewesen. Zwischen Wissenschaft, Liebe und Leben hatte es keine

Trennung gegeben. Sie hatte alles haben wollen, am liebsten gleichzeitig, gleichwertig nebeneinander. Fast unmerklich hatten sich die Dinge wieder voneinander gelöst und waren verschiedene Wege gegangen.

Sie gab Voltaire ein Bündel Gedichte. Saint-Lambert sei auf seine Meinung gespannt – würde er sie lesen? Voltaire nahm den Stapel entgegen, abwesend und gedankenverloren, und legte ihn auf dem Schreibtisch, der schon über und über mit Papieren bedeckt war, zur Seite. Er nickte und schaute wieder auf das Blatt hinunter, auf dem er gerade schrieb.

»Wollen Sie sich die Gedichte nicht anschauen?«, fragte Émilie. »Vielleicht sind sie gut.«

Voltaire schaute sie mit einem resignierten Blick an.

»Glauben Sie wirklich? Ich befürchte das Schlimmste, aber wenn es wichtig ist, werde ich sie natürlich lesen. Hat es Zeit bis morgen?«

Émilie hatte sich eine Abschrift der Gedichte besorgt, sie wollte beim Lesen allein sein. Wieder in ihrem Zimmer setzte sie sich an den Schreibtisch, schob einen Stoß Papiere zur Seite und legte die Gedichte vor sich. Saint-Lamberts Gedichte. Ein großes Glücksgefühl durchströmte sie, als hätte sie einen Zugang zu seinem Inneren gefunden. Seine Zeilen könnten ihr verraten, wer er war, ihr zeigen, wie er dachte. Am liebsten hätte sie sich jedes einzelne Wort eingeprägt.

Die Gedichte gefielen ihr. Sie nahm sich Zeit, wollte die Formulierungen und den Inhalt genau durchdenken. Die Gedichte waren wie ein Zyklus aufgebaut, der die Jahreszeiten begleitete. Diese Idee gefiel ihr: Die Natur spornte die Dichtkunst zu neuen Höhenflügen an, bot Strukturen, welche die Kraft des menschlichen Gedankens übertrafen. Sie machte sich eifrig Notizen, erlaubte sich, am Rand kleine

Anmerkungen zu machen, wo sie der Meinung war, etwas sei besonders gut formuliert oder, im Gegenteil, könnte noch besser werden.

In einem Brief fasste sie die Ergebnisse ihrer Lektüre zusammen, versiegelte den Briefumschlag, rief nach dem Diener und bat ihn, Saint-Lambert den Brief auszuhändigen. Eine Weile blieb sie in ihrem Zimmer, erhielt aber keine Antwort. Also ging sie hinaus und schlenderte rastlos, ohne Plan, durch den Park.

Die Fenster von Saint-Lamberts Gemächern waren hell erleuchtet. Sie zögerte, blieb stehen und schaute hinüber. Da öffnete sich eine Tür, und Marie Catherine kam heraus. Sie blickte sich in der Dunkelheit um, war aber vom Licht des Zimmers noch geblendet. Erschrocken zog Émilie sich in den Schutz der Bäume zurück. Sie hätte umkehren müssen, es war riskant, hier draußen herumzuirren. Trotzdem stand sie vor seiner Tür, sobald Marie Catherine außer Sichtweite war.

Er bot ihr Tee an, glühend heiß, aber nicht zu stark. Er freute sich darüber, dass seine Gedichte ihr gefielen, wurde geradezu feierlich, als sie erzählte, dass Voltaire versprochen habe, sie bis zum nächsten Tag zu lesen. Ein positives Wort von Voltaire wäre gleichbedeutend damit, dass sich ihm viele Türen öffnen würden.

»Ich werde Marie Catherine nicht im Wege stehen, ich wollte mich nur mit Ihnen über die Gedichte unterhalten, deswegen bin ich gekommen. Ich dachte, dass ich Ihnen vielleicht helfen könnte.«

Er träumte schon lange davon, einen eigenen Band mit Gedichten herauszugeben, und jetzt schien es plötzlich möglich. Er war Feuer und Flamme. Erregt blickte er in ihre grünen Augen.

Sie war eine reife Frau, er dagegen war jung. Doch sie

konnte warten, sie hatte Zeit und genoss es, dass er ihr bei allem, was sie sagte, genau zuhörte. Die Art und Weise, wie er sie und ihren Körper anschaute – das Leben lag plötzlich ganz neu und verheißungsvoll vor ihr.

Viel zu spät schlich sie lautlos durch den Flur zu Voltaires Zimmer. Es war dunkel, und sie sah kein Licht unter seiner Tür durchsickern. Dennoch klopfte sie an, bevor sie hineinging, wartete aber nicht auf eine Antwort. Auf seinem Nachttisch brannte eine einzige Kerze. Offenbar hatte er an diesem Abend nicht sehr lange gearbeitet.

Er lag im Bett und versuchte in einem Manuskript zu lesen. Émilie bemerkte, wie sehr es seine Augen anstrengte. Sie zog einen Sessel ans Bett und setzte sich. Er schaute sie an, sagte aber nichts. Er sah müde aus.

Die Bögen, die er gelesen hatte, ließ er achtlos fallen, ein paar landeten auf dem Boden. Émilie sammelte sie auf und ordnete das Manuskript.

»Unter uns gesagt, sie sind nicht besonders gut«, sagte er schließlich und blickte abfällig auf die Gedichte. »Ich kann nichts Originelles daran finden, irgendwo habe ich das alles schon mal gelesen. Es fehlt ihm an Ausdruck, das Ganze ist so blass und fad.«

Dieser abweisende, kritische Ton, sie konnte ihn kaum ertragen. Dabei war sie selbst einmal so gewesen.

»Sie sind zu streng. Sie müssen bedenken, dass er jung ist und die Zukunft noch vor sich hat. Jeder muss einmal irgendwo anfangen, er kann sich doch weiterentwickeln.«

»Sagen Sie mir, Émilie«, fragte Voltaire, »haben wir plötzlich die Rollen getauscht? Normalerweise sind Sie doch diejenige mit dem außergewöhnlich kritischen Urteil, während ich meistens an allem noch etwas Gutes entdecke. Doch in diesem Fall leider nicht.«

Voltaire wandte sich ab, als wollte er schlafen. Émilie aber ergriff seine Schulter. So leicht würde er nicht davonkommen.

»Sie wissen genau, dass Sie ihm helfen können. Er wartet auf Ihren Rat, wie er seine Gedichte verbessern könnte.«

Voltaire setzte sich wieder auf. »Wenn es Ihnen so viel bedeutet, will ich es tun. Aber lassen Sie mich jetzt schlafen, ich bin todmüde.«

Sie küsste ihn auf die Stirn, bedankte sich, nahm die Kerze von seinem Nachttisch und schloss leise die Tür hinter sich.

Am nächsten Abend, beim Festessen in den »Kaskaden«, einem Pavillon, der auf einer kleinen künstlichen Insel mitten im Wasser lag, war Émilie sehr gespannt. Fontänen umgaben die Terrasse, und der Abend schmiegte sich wie Samt um ihre Schultern. Wassertropfen wurden in die Luft geschleudert und fielen wieder herab. Konnte man sich ein schöneres Leben als dieses hier wünschen?

Die Musik des Orchesters wurde allmählich leiser, als würden die Töne auf dem Wasser davonschwimmen. Er begegnete ihrem Blick, sie nickte ihm unmerklich zu. Er erhob sich, ging zu Marie Catherine und flüsterte ihr etwas ins Ohr. Auf ihre Aufforderung hin stellte er sich vor das Orchester und begann, einige seiner Gedichte vorzutragen.

Offiziell sprach er zu der versammelten Gesellschaft, in Wirklichkeit aber waren seine Worte für sie allein bestimmt, das wusste Émilie. Sie waren wie Liebkosungen, die leicht über ihr Haar strichen.

Während seines Vortrags bedachte Marie Catherine ihn mit zärtlichen Blicken und lächelte liebevoll. Das Wasser untermalte seine Worte mit einer geheimnisvollen Melodie. Marie Catherine durfte nichts erfahren.

»Warum wollen Sie bloß, dass wir noch länger hierbleiben?« Voltaire sah Émilie, die neben ihm in der Kutsche saß, von der Seite her an. »Ich muss in diesem Frühjahr die Proben zu ›Semiramis‹ leiten, ohne mich wird aus der Inszenierung nichts. Die Premiere ist für Mai angesetzt, und das Ensemble wartet schon auf mich. Argental hat mir bereits mehrfach geschrieben und mich gebeten, nach Paris zu kommen. Bislang habe ich mich mit allem Möglichen herausgeredet, aber nun kann ich nicht länger warten. Und ich würde ungern ohne Sie abreisen.«

Dieses Thema bestimmte seit Langem ihre Gespräche. Émilie kämpfte um jeden Tag, den sie länger bleiben würden.

»Wir fahren nach dem Maskenball, der König würde sonst allzu enttäuscht sein. Bei der Gelegenheit werden wir auch La Galaizière sehen, ich muss mit ihm über Florents Ernennung sprechen.«

»Ich habe das Hofleben satt, keiner von uns kann hier gut arbeiten, weder Sie noch ich. Drängt es Sie denn gar nicht, von hier fortzukommen? Früher galt doch Ihr ganzes Interesse Ihren Studien.«

Sie flüsterten sich die Worte zu, denn im Wagen hinter ihnen saß der König, und außer ihm und einer Schar von Dienern nahmen noch viele andere an dem Ausflug teil. Sie hatten sich angewöhnt, leise zu reden.

Als sie die Allee hochfuhren, saßen sie schweigend nebeneinander, ein wenig mürrisch wegen der Zänkerei. Beide starrten geradeaus, ohne die üppigen Rosenbüsche und die kleinen Fontänen zu beiden Seiten des Weges zu beachten. Der König hatte sie zu einem Ausflug nach Malgrange eingeladen, einem der schönsten Gärten in der Lorraine.

Als der Kutscher anhielt, stiegen sie aus dem Wagen, und der König begann sogleich aufgeregt zu erzählen. Das Ziel des Ausflugs war das Mausoleum der Königin Katarina unter dem großen Baldachin am Ende der Allee. Endlich blickte Voltaire auf. Er war ganz in seine Gedanken versunken gewesen, jetzt aber lauschte er mit voller Aufmerksamkeit dem König, der mit großem Stolz über die Errichtung des Monuments sprach.

In den Steinkoloss waren Szenen aus dem Leben der Königin eingraviert. Voltaire ging langsam um das Monument herum, um sich die Details genau anzusehen. Vor vielen Jahren hatte er die Eingangspartie des neuen Seitenflügels von Schloss Cirey mit einem Relief ausgestattet, das Wissenschaft, Natur, Technik und Kunst vereinte, eine Arbeit, die er in Auftrag gegeben hatte, um Émilie eine Freude zu bereiten. Jetzt lobte er den König wegen des Kunstwerks, das das Grabmonument der verstorbenen Königin schmückte.

»Mit Hilfe des Königs habe ich ein Problem gelöst, das mich schon seit geraumer Zeit beschäftigt«, verkündete er. »Jetzt ist mir klar, wie alles zu sein hat. Das Bühnenbild für ›Semiramis‹, mein neues Stück, war mir bislang ein Rätsel; ich wusste nicht, wie es aussehen sollte. Jetzt habe ich die Lösung.«

Er hatte die Dekoration für sein neues Stück gefunden, genau so, wie er sie haben wollte. Papier für eventuelle Notizen hatte er immer bei sich, jetzt konnte er es gut gebrauchen.

Der König hörte sich alles an. Er zwinkerte Émilie zu, ihre Anwesenheit schien zumindest bis zum Maskenball gesichert. Für kurze Zeit war ein empfindliches Gleichgewicht wiederhergestellt worden. Voltaire war plötzlich wieder guter Dinge, der König zufrieden, und Émilie hatte ein nicht mehr ganz so schlechtes Gewissen.

Der Zaun, der den Schlossplatz umgab, wurde von Hunderten von Fackeln hell erleuchtet. Antoine-Martin Chaumont de La Galaizière, der Kanzler, der in der Lorraine die eigentliche Macht besaß, veranstaltete einen Maskenball zu Ehren von Émilie und Voltaire. Damit wollte er beweisen, dass er König Stanislaus in nichts nachstand, wenn es darum ging, ein rauschendes Fest zu geben.

Am frühen Nachmittag hatten sie Lunéville verlassen und in der Dämmerung Nancy erreicht. Da es eine weite Fahrt war, würden die Gäste übernachten, einige im Schloss, andere in nahe gelegenen Häusern. Die Liste der zu dem Ball eingeladenen Personen war lang.

Während sie darauf warteten, hereingebeten zu werden, drückte Émilie ihre Handschuhe zu kleinen, harten Bällen zusammen, um sie dann wieder zu glätten und erneut zusammenzupressen, wieder und wieder. Bald waren sie so zerknittert, dass sie sie hastig in ihre Tasche stopfte. Voltaire lächelte. Er kannte ihre Rastlosigkeit.

La Galaizière, ein großer, schmaler italienischer Adeliger, der auf geheimnisvollen Umwegen seinen Platz in der Lorraine gefunden hatte, empfing sie beide persönlich, verbeugte sich tief und hieß Émilie und Voltaire willkommen. Sie gingen hinein.

Die Gäste hatten Masken dabei; es wurde verlangt, dass die Verkleidung wenigstens die Augen verdecken müsse. Einige hatten ihre Masken schon aufgesetzt, doch bei weitem nicht alle. Es war noch früh.

Émilie wandte sich mit einer Bitte an den Kanzler: »Ich wünschte, Sie könnten mir heute zusichern, dass sowohl

Florent als auch mein Sohn zu Offizieren in der Garnison der Lorraine ernannt werden. Es würde mein Leben sehr erleichtern und eine Menge Probleme lösen, wenn ich sie hier in der Nähe hätte.«

Wenn La Galaizière von ihrer Direktheit überrascht war, ließ er sich nichts anmerken. Er freue sich darüber, zu ihren Diensten stehen zu können, gab er ihr zur Antwort; eine Lösung könne aber an diesem Abend nicht gefunden werden. Er wolle vor dem König eine Empfehlung aussprechen, was in dieser Sache das Beste wäre, könne ihr aber noch keine Details nennen. Es gebe für die Posten viele Kandidaten.

Ihr Glück war davon abhängig, dass die Zukunft der Familie gesichert war; außerdem konnte Émilie sich ein Leben in der Lorraine durchaus vorstellen. Es war aber fast unmöglich, noch mehr Entschuldigungen zu finden, um Voltaire beschwichtigen und seinem lästigen Drängen, doch endlich abzureisen, etwas entgegensetzen zu können.

Als der Gastgeber ging, um weitere Gäste zu begrüßen, blieb sie neben Marie Catherine stehen, für die es mittlerweile selbstverständlich schien, sich in fast allen Dingen Émilie anzuvertrauen, ohne dass diese es ihr gleichtat. Sie hoffte, dass die andere es nicht bemerken würde. Doch vorläufig hatte Marie Catherine anscheinend so viel auf dem Herzen, dass ihr nicht auffiel, dass Émilie ihre Geheimnisse für sich behielt.

Schon seit ihrer ersten Begegnung sei sie von La Galaizière angetan gewesen, erzählte Marie Catherine ihr jetzt, er habe in körperlicher und geistiger Hinsicht alles, was sie beim König vermisse. Es sei nicht das erste Mal, dass sie sich verliebt habe, seit sie sich am Hofe von König Stanislaus aufhalte. An diesem Abend aber wolle sie ihrem König treu bleiben. Als dessen Favoritin erwarte man von ihr, dass sie den ganzen

Abend an seiner Seite bleibe. Der König sei aber mehr damit beschäftigt, sich in allen Einzelheiten über die Organisation des Balles zu informieren, als sich mit ihr zu unterhalten. Sie erzählte, dass er sich wie ein Kind auf die Feste freue, die er im Mai auf Lunéville veranstalten wolle; sie müssten natürlich noch spektakulärer als dieses hier werden. Émilie und Voltaire dürften sich das nicht entgehen lassen.

Glücklicherweise schaute Marie Catherine nicht in Saint-Lamberts Richtung. Émilie hatte befürchtet, dass sie bemerken könnte, was zwischen ihnen war, doch darüber brauchte sie sich anscheinend keine Sorgen zu machen. Es fiel ihr aber schwer, sich selbst gegenüber einzugestehen, wie wenig sie den Gedanken ertragen konnte, ihn mit jemandem zu teilen. Als hätte sie irgendein Recht auf ihn.

Im Saal wurde getanzt. Alle trugen Masken und Kostüme in leuchtenden Farben. Der Raum war voller unbekannter Menschen, und die Masken machten es schwierig, diejenigen wiederzuerkennen, denen man zuvor bereits vorgestellt worden war. Die Luft im Saal war heiß und stickig, und über die geschminkten und gepuderten Gesichter lief der Schweiß in Strömen.

Émilie entschuldigte sich bei Marie Catherine und ging hinaus, um sich unauffällig nach Saint-Lambert umzusehen. Sie hatte nicht damit gerechnet, dass sie ihn so schnell finden würde, traf ihn dann aber gleich im Empfangszimmer vor dem Saal. Trotz seiner Maske erkannte sie ihn sofort. Er habe hier auf sie gewartet, sagte er, nahm ihren Arm, küsste ihre Hand und hielt sie lange fest, bevor er sie wieder losließ.

»Glauben Sie an den eigenen freien Willen?«, begann Émilie.

Bei ihrem letzten Treffen hatte sie ihm ein Buch gegeben, ›Die Institutionen der Physik‹. Es war bisher ihre wichtigste Arbeit gewesen, und sie wollte, dass er alles über sie erfuhr.

»Ich habe mich damals trotz aller Gegenargumente dafür entschieden, daran zu glauben, ich musste es«, erklärte sie. »Allerdings habe ich versucht herauszufinden, ob man unterschiedliche Ideen miteinander vereinen könnte. Einiges von dem, was ich geschrieben hatte, musste ich anschließend aus dem Manuskript streichen. Zu der Zeit war das für mich die Lösung. Aber jetzt bin ich mir nicht mehr so sicher, ob es richtig war.«

Das war der Schwachpunkt ihrer Theorie gewesen, mit der sie sich so viel Mühe gegeben hatte während ihrer gesamten Arbeit an dem Buch.

Niemand ahnte etwas von dem, was sich zwischen Saint-Lambert und ihr abspielte, davon war Émilie fast überzeugt. Die Briefe, die sie einander schrieben, waren geheim, die Küsse versteckt, und selbst in der großen Menschenmenge waren sie vorsichtig. Nur zu gern wogen sie sich in Sicherheit, vertrauten darauf, dass ein jeder mit seinen eigenen Angelegenheiten beschäftigt war und nichts von ihrer Liaison bemerkte. Doch der Hofstaat hatte Augen und Ohren überall.

Voltaire übernachtete nicht allzu weit von Lunéville entfernt. Es war eine Geste besonderer Großzügigkeit von Seiten des Königs, dass Émilie in Villers wohnen durfte, einem Jagdschloss, das in völliger Einsamkeit tief im Wald lag.

Die Nacht war klar. Émilie blickte zu den Sternen am Firmament auf; der Raum über ihr schien unendlich.

Flackernde Kerzen in den Fenstern hießen sie willkommen. Sie trat ein. Die beiden Türflügel zum Salon standen offen und gaben den Blick auf ein knisterndes Feuer frei.

Er saß in einem Sessel, den Flammen zugewandt; sie erkannte sein Profil sofort. Schatten tanzten an der Wand. Als er sich zu ihr umdrehte, blitzten seine Augen im Widerschein des Feuers auf.

Saint-Lambert hatte auf sie gewartet! Welch Glück, dass es diesen abgeschiedenen Ort gab, nur für sie beide. Niemand brauchte davon zu erfahren. Die Welt durfte verschwinden.

Sie dachte an die Pferde, die über die Lichtungen um Cirey herum galoppierten. Wenn ihre Haut unter seinen Händen brannte und er sie auf eine Weise berührte, dass sie es bis in die Fingerspitzen spüren konnte, war alles, wie es sein sollte.

Bei genauerem Betrachten schien sein rechtes Auge ein wenig kleiner als das linke, das war ihr bisher nicht aufgefallen. Als sie sich kurz von ihm abwandte, um aus dem Glas, das auf dem Tisch neben dem Bett stand, einen Schluck Wein zu trinken, schmiegte er sich eng an ihren Rücken. In dieser Nacht brauchten sie keinerlei Distanz zu wahren, wie es die höfische Etikette sonst vorschrieb.

Sie nahm einen Schluck Wein und behielt ihn so lange im Mund, bis es brannte, ehe sie ihn herunterschluckte.

In Zukunft würde alles noch komplizierter werden. Vielleicht würde sie mehr geben wollen, als er annehmen konnte. Eine schlummernde Erinnerung an die Frau, die sie früher einmal gewesen war, könnte jederzeit wieder wach werden und sie fragen, ob sie richtig gehandelt hatte. Sie hoffte, dass sie darauf eine Antwort haben würde.

Früh am nächsten Morgen brach Saint-Lambert auf, um zur Garnison in Nancy zurückzukehren.

Die Schlussszene war so völlig anders als die Ouvertüre. Sie mussten sich beeilen, er war nicht in der Stimmung, weitere Zärtlichkeiten auszutauschen. Als sie noch etwas mit ihm besprechen wollte, wandte er sich ihr ungeduldig zu; in Gedanken war er bereits abgereist.

Wenig später traten auch Voltaire und Émilie die Rückreise nach Lunéville an.

Auf dem Platz vor dem Schloss war alles grau und still. Drinnen wurde Émilie von einem nervösen König empfangen. Sein massiger Körper zitterte, er hatte rote Augen.

»Marie Catherine ist erkrankt, die Rückfahrt ist ihr anscheinend nicht bekommen. Ich weiß nicht, wie ich ihr helfen kann.«

Er presste seine dicken Hände gegen die Brust.

Émilie wollte sofort zu ihr hineingehen. Sie wusste, dass sie in der Lage war, Unpässlichkeiten und schwierige Launen zu heilen, glich sie doch selbst einem empfindsam gestimmten Instrument. Der König wehrte zunächst ab, wollte sie nicht damit belästigen, aber sie bestand darauf. Sie musste ihrer Nebenbuhlerin in die Augen sehen.

Émilie betrat den Salon. Das Blumenmuster, das sich über die goldene Tapete zog, erinnerte sie an das Schlafzimmer auf Schloss Cirey. Marie Catherine lag in einem hellblauen Bett mit Seidenlaken, gestützt von zahlreichen Kissen. Sie sah betrübt aus und etwas blass. Émilie zog die schweren Gardinen zur Seite und ließ das Tageslicht in den Raum hereinströmen.

»Die Nacht war schrecklich. Es ist, als hätten sich all meine Sorgen in meinem Körper eingenistet«, seufzte Marie Catherine.

»Das Beste ist, nicht zu viel darüber nachzudenken, davon wird es nicht besser.«

Émilie ließ heißen Tee kommen, um das Böse aus dem Körper zu vertreiben. Marie Catherine nahm die Tasse entgegen, trank einige Schlückchen und sank in die Kissen zurück. Sie schien erleichtert zu sein, dass Émilie bei ihr war. Es war unmöglich, dass sie etwas ahnte.

Émilie bewegte sich unauffällig im Raum hin und her, besorgte ein zusätzliches Kissen und lief in ihr eigenes Zimmer, um ein Buch zu holen, von dem sie der Meinung war, Marie Catherine hätte Freude daran, es zu lesen. Je mehr sie für ihre Freundin tat, umso mehr beruhigte sie ihr schlechtes Gewissen.

Als sie sah, dass Marie Catherine müde war, ging sie zur Tür, um sie in Ruhe schlafen zu lassen.

»Saint-Lambert ist nicht Ihr Eigentum«, kam es da plötzlich vom Bett. »Ich hoffe, dass Sie das verstehen?«

Émilie war bereits an der Tür; ihre Hand, die sich gerade auf die Klinke legen wollte, hielt auf halbem Wege inne. Sie drehte sich um.

»Aber natürlich! Ich habe ihm wegen seiner Gedichte Ratschläge gegeben, das ist alles«, sagte sie so ruhig wie möglich.

»Gut, dass es weiter nichts ist. Ich mache mir seit einiger Zeit Sorgen, dass er vielleicht Ihr Herz gestohlen hätte.« Ein angespannter Unterton schwang in Marie Catherines Stimme mit.

»Ganz und gar nicht. Der junge Mann scheint meine Ansicht darüber, was im Leben wichtig ist, nicht zu teilen. Außerdem gehört er Ihnen, und ich würde mich in die Affären anderer nie einmischen.« Der kühle Ton verlangte ihr einiges ab.

»Dann sind wir einer Meinung. Demnach war meine Anklage falsch, aber der Verdacht musste offen ausgesprochen werden.«

»Sie haben richtig gehandelt, es ist aber nichts Wahres daran.«

Es war völlig unmöglich, ihr Herz hier und jetzt zu öffnen und alles zu gestehen. Marie Catherine wusste Bescheid, die Warnung war deutlich genug gewesen.

»Gut, dann kann ich endlich schlafen.«

Damit drehte sie sich zur Wand. Die Visite war beendet.

Im schwachen Abendlicht musste Émilie den Briefbogen dicht an den Leuchter halten, um die Handschrift darauf lesen zu können. Sie stand mit dem Rücken zur Tür, als diese geöffnet wurde; das leise Klopfen hatte sie nicht gehört. Sie bemerkte Voltaire erst, als er direkt neben ihr stand. Hastig faltete sie den Brief zusammen und ließ ihn auf den Schreibtisch fallen. Er sah ihr direkt in die Augen, und sie hielt seinem Blick stand. Schließlich nahm Voltaire den Brief in die Hand. Er blickte kurz auf das Kuvert, dann legte er den Brief wieder auf den Tisch.

»Diese Handschrift kenne ich, ich habe seine Gedichte gelesen. Das Schreiben ist von Saint-Lambert, nicht wahr? Warum schickt er Ihnen Briefe?«

Er sah sie an.

»Er ist von ihm, das ist wahr. Aber es ist nichts Außergewöhnliches daran, dass er mir schreibt.«

Sie war sich nicht sicher, wie viel sie verraten musste.

»Darf ich den Brief vielleicht lesen?« Ohne eine Antwort abzuwarten, griff Voltaire erneut nach dem Brief.

»Warten Sie, es ist so: Er hat mir wegen seines Verhältnisses zu Marie Catherine geschrieben, verstehen Sie? Es ist für ihn so schwierig, dass sie ihm nicht treu sein kann. Sie können den Brief nicht lesen, bevor Marie Catherine ihre Erlaubnis gegeben hat. Ich verspreche Ihnen aber, dass Sie den Brief lesen dürfen, wenn sie damit einverstanden ist.« Sie sprach langsam, wählte ihre Worte mit Bedacht. Schweiß trat auf ihre Stirn. Die Situation war ihr äußerst unangenehm.

»Sie sagen nicht die Wahrheit.« Es war eine Feststellung, keine Frage. »Bisher haben Sie alles mit mir geteilt, und jetzt wollen Sie mir den Brief nicht zeigen. Aber gut. Ich werde Sie nicht noch einmal darum bitten.«

Seine Worte schmerzten, stachen in ihrer Brust wie die Schläge eines kranken Herzens. Sie war zu einer Doppelgängerin in ihrem eigenen Leben geworden, und das Lügengeflecht, in das sie sich verstrickt hatte, bedrückte sie. Sie hätte etwas sagen müssen, stattdessen stand sie mit unbeweglichem Gesicht da und bekam keine Worte heraus. Schließlich zwang sie sich fortzufahren.

»Sie werden den Brief zu sehen bekommen, das habe ich bereits gesagt. Sofern Marie Catherine einverstanden ist.«

»Das ganze Schloss hat bemerkt, dass sie Ihre Ehre wegen Saint-Lambert preisgeben.«

»Sie haben doch keine Ahnung. Ich habe ihm nur ein paar Ratschläge zu seinen Gedichten gegeben. Im Unterschied zu Ihnen glaube ich an sein Talent.«

»Lassen Sie sich jetzt nicht noch tiefer sinken. Es hat sich doch alles unmittelbar vor meinen Augen abgespielt.«

Sie saßen sich gegenüber, und eine ganze Weile sagte niemand ein Wort. Sie blickte zu ihm hinüber, er starrte vor sich hin. Sie wollte ihn nicht verlieren, aber wie sollte sie es ihm erklären? Es konnte doch keine Sünde sein, jemanden auf eine Art und Weise zu lieben, die sich von der Vernunft nicht steuern ließ. Sie hätte nicht anders handeln können, wollte aber Voltaire nicht wehtun.

»In unserem Verhältnis hat sich damit einiges geändert.«

Seine Worte blieben im Raum hängen, lange nachdem Voltaire die Tür hinter sich geschlossen hatte.

Sie hatte ihm alles erzählt.

Nie würde sie diese Worte vergessen. Er hatte offen ausgesprochen, dass sie nach fünfzehn gemeinsamen Jahren aus dem Kreis heraustreten würden, der ihre Liebe und später ihre Freundschaft umschlossen hatte.

Die offizielle Abschiedszeremonie war lang und umständlich, aber Émilie war es gleich. Sie würden Lunéville verlassen, es gab für sie beide keinen Grund mehr, länger dortzubleiben.

Die Koffer waren gepackt, Voltaire schien voller Ungeduld. Die Pferde stampften und wieherten, als ein einzelner Reiter auf den Schlossplatz kam. Seit der gemeinsamen Nacht nach dem Maskenball hatte sie ihn nicht mehr gesehen. Saint-Lambert stieg vom Pferd und ging zum Wagen. Sie hatte bereits im Inneren Platz genommen und stieg hastig wieder aus. Als sie den Fuß auf den Boden setzte, wäre sie beinahe über den eigenen Rocksaum gestolpert.

Saint-Lambert nahm ihre Hand und küsste sie; ein Zettel blieb darin zurück. Während sie wieder in den Wagen kletterte, ballte sie die Faust und drückte sie wie einen Schatz gegen die Brust.

Cirey empfing sie wie ein alter Bekannter. Das Schloss stand unverändert auf der Anhöhe und musste sich jetzt daran gewöhnen, dass seine Gastgeber wieder da waren. Es nahm viel Zeit in Anspruch, bis die Wände warm wurden, denn der Winter war kalt gewesen. Feuchte Luft schlug ihnen vom Mauerwerk entgegen. Zu spät hatte man damit begonnen, das Gebäude zu heizen. Sie hatten nicht rechtzeitig Bescheid gegeben, dass sie nach Cirey zurückkehren würden.

So lange waren sie fort gewesen, dass Émilie einen raschen Blick in jedes der Zimmer werfen wollte. Als Erstes lief sie ins Dachgeschoss, um sich das Theater anzuschauen. Sie kletterte die steile Holztreppe zur Bühne hoch. Das hier war ihre gemeinsame Idee gewesen. Zusammen hatten sie die Gestaltung geplant, waren sich über die Einzelheiten einig geworden. Es war alles wie früher, doch auf den harten Holzbänken lag eine feine Staubschicht.

»Gehen wir in die Loge hoch, schauen wir uns die Bühne von dort oben an«, sagte Émilie zu Voltaire, der ihr gefolgt war.

Durch eine versteckte Tür in der Wand zog sie ihn mit in die kleine Loge an der rechten Seite. Die Bühne hatte bewegliche Kulissen, die man leicht austauschen konnte. Von der letzten Aufführung war dort noch immer eine Dorfküche aufgebaut, eine offene Feuerstelle mit einer Vorrichtung, an der man Töpfe aufhängen konnte, ferner Regale mit Messing- und Eisenpfannen und auf dem Tisch mehrere Bleche mit frisch gebackenem Brot.

»Es kommt mir wie eine Ewigkeit vor, seit wir hier auf der Bühne standen und Theater spielten«, sagte Voltaire.

»Was waren das für wunderbare Nächte, als wir mit unseren Gästen und den Leuten aus dem Dorf ein Stück nach dem anderen inszenierten. Erinnern Sie sich?«

Er nickte. Es war, als könnten sie noch die Stimmen und den Gesang aus jenen Nächten hören.

»Trotzdem ist es so fern. Mir fällt es schwer zu glauben, dass wir diesen Raum wieder mit Menschen füllen können.«

»Natürlich können wir das, wer sollte uns daran hindern?«, entgegnete Émilie.

Hier oben war es kalt, und Voltaire verließ die Loge bald wieder. Émilie folgte ihm, trat auf die Bühne und trug einige Strophen eines Gedichtes vor, das Voltaire für sie geschrieben hatte, kurz nachdem sie sich kennengelernt hatten. Obwohl das Licht bereits recht schummrig war, konnte sie die Züge auf seinem scharf geschnittenen Gesicht erkennen. Er lächelte.

Den Tee nahmen sie im Salon ein. Voltaire würde sich bald in Paris mit Argental treffen, er hatte einiges mit ihm zu besprechen. Die Regieanweisungen für ›Semiramis‹ mussten bis ins kleinste Detail geplant werden.

In Cirey hatten sie damals gemeinsam Ruhe und Zufriedenheit gefunden. Jetzt hatte sich die Zeit in Lunéville zwischen sie geschoben. In ihrer Erinnerung trug Émilie eine Perlenkette voller Erlebnisse, die sie nicht mit ihm teilen konnte. Das Problem war, dass sie sich ein Leben ohne Voltaire genauso wenig vorstellen konnte wie ein Leben ohne Saint-Lambert.

Saint-Lambert hatte versprochen, nach Cirey zu kommen, sobald er von der Garnison frei bekäme. Als es so weit war, musste er aber zuerst nach Lunéville zurückkehren. Er würde trotzdem kommen, das hatte er versprochen. Doch das Ganze zog sich in die Länge, und Émilie schien es so sinnlos, auf Cirey zu bleiben. Wenn sie nur hätte sicher sein können, dass Saint-Lambert nicht die ganze Zeit auf Schloss Lunéville verbrachte; sie fürchtete, dass er in dem Fall das Verhältnis zu Marie Catherine wiederaufnehmen würde. Wenn er ihr nur eine Nachricht hätte zukommen lassen, dass er in Nancy sei, dann hätte sie sich ihm näher gefühlt.

Sie ging von einem Raum in den anderen, nahm verschiedene Dinge in die Hand, schaute sich alles genau an: das Tintenfass mit dem Deckel, der die Form einer Konchylie hatte und aus hellgrüner Jade war; die Schreibfeder mit dem Marmorgriff in schimmerndem Rosé; gutes Schreibpapier. Die altvertrauten Dinge waren nach wie vor an ihrem Platz. Sie suchte ihre Notizen zu Newtons ›Principia‹ heraus. Wenn sie allein gewesen wäre, hätte sie vielleicht arbeiten können. Jetzt lauschte sie ständig Voltaires Schritten und zuckte beim kleinsten Geräusch zusammen.

Trotzdem wollte sie arbeiten. Wenn es darauf ankam, konnte sie sich dazu zwingen. Zuerst aber wollte sie noch einmal an Saint-Lambert schreiben. Es war unklug, ihm einen weiteren Brief zu schicken, bevor sie Neuigkeiten von ihm erhalten hatte, aber sie musste ihm schließlich den Weg nach Cirey erklären, rechtfertigte sie sich vor sich selbst. Was sie dann, angesichts dessen, was ihr auf der Seele brannte, vergaß.

Saint-Lambert,
ich fühle mich wie ein Opferlamm, das man vergessen hat. Das Herz ist mir schwer, daher muss ich all das aussprechen, was ich in meinem Innersten befürchte. Missbrauchen Sie bitte nicht die Macht, die Sie über mich haben! Sie könnten mich verraten, das ist wahr, doch das ist es nicht, wovor ich Angst habe. Ich befürchte nichts anderes, als dass Ihre Gefühle nicht stark genug sein könnten. Das wäre das größte Verbrechen von allen, bedenken Sie das. Sie haben mir gezeigt, wie Sie schreiben können, wenn Sie lieben. Schreiben Sie immer so und ich werde glücklich sein. Ich glaube, ich könnte Ihnen Tag und Nacht schreiben, aber vielleicht würden Sie dann denken, ich übertreibe. Und doch – verglichen damit verblasst jede andere Tätigkeit.
Ich muss schließen. Adieu, ich liebe Sie leidenschaftlich und werde Sie ein Leben lang lieben, wenn Sie es wünschen.

Émilie

Nachdem sie erfahren hatte, dass er zur Garnison zurückgekehrt war, fühlte sie sich sicherer; zumindest wäre er nun nicht mehr in Marie Catherines Nähe. Sie bat ihn mehrmals, zu ihr zu kommen, sobald er könne; nach Voltaires Abreise nach Paris hätten sie Cirey ganz für sich allein.

Seine Briefe waren kurz, beinahe stichwortartig. Anders als Émilie schrieb er kaum über seine Gefühle, und sie fürchtete, dass er sie für zu überschwänglich halten könnte. Sie wollte nicht übertreiben, konnte es aber doch nicht sein lassen. Ihre Briefe waren widersprüchlich, doch alles, was sie darin sagte, war im Grunde nur ein Versuch, ihn dazu zu bringen, etwas von sich preiszugeben, ihr anzuvertrauen, wovon er träumte, und ihm Versprechungen zu entlocken.

Argental schrieb, sie könnten die Proben nicht länger aufschieben. Voltaire wollte, dass sie ihn wie immer nach Paris begleite. Diesmal aber sagte sie Nein. Er drängte sie nicht.

Am Abend vor seiner Abreise diskutierten sie über Newton.

»Sie sind die Einzige, die die ganze ›Principia‹ übersetzen und dabei alles begreifen könnte. Ich verstehe nicht, worauf Sie warten, warum Sie nicht endlich damit fortfahren. Es liegt noch viel Arbeit vor Ihnen, Sie sollten Ihre Zeit nicht länger vergeuden.«

Émilie gab sich Mühe, so zu wirken, als sei sie voller Tatendrang, doch in Wirklichkeit war sie unkonzentriert und ganz und gar nicht bei der Sache. In Gedanken ging sie immer wieder den Brief durch, den sie gerade geschrieben hatte, formulierte ihn von Neuem, strich ganze Sätze und fügte andere hinzu, obwohl die Post längst weg war. Es war zu spät, etwas zu ändern.

Als Voltaires Wagen den Hügel hinunterfuhr, stand sie lange vor dem Schloss und blickte ihm hinterher. Sie ging nicht hinein, bevor sie ihn hinter einer Kurve verschwinden sah.

Er kam an dem Tag, an dem man zum ersten Mal einen Hauch von Frühling in der Luft spürte. Laue Winde wehten durch die offenen Fenster des Schlosses. Auf Cirey erinnerte alles an vergangene Zeiten, an die Zeit von Émilie und Voltaire, und Émilie und Saint-Lambert hatten das Gefühl, als wären sie nicht allein. Sie schlenderten durch den Park und hielten auf der Holzbrücke über dem kleinen Fluss am unteren Ende des Gartens inne. Die uralten Eichen am Flussufer hatten viele Generationen der Familie du Châtelet erlebt; Saint-Lambert war hier ein Fremder. Irgendwie, so schien es Émilie, hatten die Eichen sich verändert; es war, als beugten sie sich tiefer über das Wasser als sonst.

Das Labor war in letzter Zeit vernachlässigt worden. Seitdem Émilie und Voltaire nach Lunéville gereist waren, hatte dort niemand mehr Versuche gemacht, ja, eigentlich schon eine ganze Weile davor nicht mehr. Émilie hatte aber dafür gesorgt, dass im Labor geputzt und Staub gewischt wurde, bevor Saint-Lambert kam. Mit Ehrfurcht und großem Interesse sah er sich die Laborausstattung an, die Émilie durch viele arbeitsreiche Jahre hindurch auf dem Schloss zusammengetragen hatte. Der Umgang mit solch zerbrechlichem Gerät war für ihn neu. Vorsichtig berührte er das Mikroskop, das auf der Arbeitsfläche stand. Eigentlich lag ihr nichts daran, Kolben und Gewichte vorzuzeigen. Doch Saint-Lambert hatte vom Labor gehört und wollte es sehen. Er stellte sich vor, wie Voltaire und sie viele Stunden zwischen funkelndem Glas und Krügen mit silbern schimmernden und weißen Pulvermischungen verbracht hatten.

Sie sprachen kaum. Émilie holte eine der großen braunen

Glasflaschen vom Regal, nahm den Deckel ab und bat ihn, vorsichtig daran zu riechen; er müsse aber darauf achten, nicht zu tief einzuatmen, es könne sonst sehr unangenehm werden. Er wich zurück, als hätte der scharfe Geruch ihn gestochen, und sie musste über seinen entsetzten Gesichtsausdruck lachen.

Wie hatte Émilie diesen Tag herbeigesehnt! Als aber die Zeit endlich gekommen, als er endlich da war, zerrannen die Stunden wie feiner Sand, der zwischen ihren Fingern hindurchrieselte. Außerdem erwies es sich als schwieriger, über die Pläne, die sie für ihr gemeinsames Leben geschmiedet hatte, zu sprechen, als sich in Briefen ihr zukünftiges Glück auszumalen.

Saint-Lambert nahm den Globus herunter, der auf einem gläsernen Schrank in der Ecke des Labors stand. Er stellte ihn auf den Tisch, und sie erzählte ihm, wie man auf einer Expedition herausgefunden hatte, dass die Erde keine perfekte Kugel, sondern an den Polen abgeplattet war – der unwiderlegbare Beweis dafür, dass Newton recht gehabt hatte. Sie legte ihre Hand über das südliche Amerika, und er legte die seine auf das blaue Meer, das diesen fernen Kontinent umgab. Ihre Hände Seite an Seite – ein schönes Bild. Sie legte ihre Hand auf seine. Hier drinnen war es trotz des warmen Wetters kühl; das Labor wurde nicht geheizt, und das dicke Mauerwerk hielt die Innentemperatur konstant. Vorsichtig zog Saint-Lambert seine Hand zurück.

Nach einem späten Nachtmahl waren sie in ihren Salon gegangen und hatten sich an die offene Feuerstelle gesetzt. Vor vielen Jahren hatte sie eine Arbeit über die Natur des Feuers geschrieben, ihre erste wissenschaftliche Arbeit. Viel Zeit war seitdem vergangen. Doch noch immer brannte das Feuer in ihr.

Émilie erzählte Saint-Lambert von Newton und der Übersetzung, an der sie arbeitete, von ihrem Plan, als Erste eine vollständige Ausgabe der ›Principia‹ in Frankreich herauszugeben. Er lauschte ihren Worten. Sie sprach von den vielen Hindernissen, erzählte von allem, was ihre Zeit in Anspruch nahm. Sie wartete darauf, dass er sie unterbrechen, sie nach ihren Plänen fragen würde, danach, wie sie sich ihre gemeinsame Zukunft vorstelle.

Sie hätten darüber reden müssen. Sie versuchte, ihre eigene Verwirrung damit zu verbergen, ständig neue Themen zur Sprache zu bringen, sodass sie schließlich einen zusammenhanglosen Monolog führte.

In dieser Nacht schlief sie schlecht, obwohl seine Nähe ihr doch so unendlich viel bedeutete. Dann aber drückte er sie fest an sich und flüsterte ihren Namen. In diesem Augenblick brauchte sie keine weiteren Beteuerungen und Versprechen.

Schon am nächsten Morgen reiste Saint-Lambert ab. Sie hatte gehofft, dass er länger bleiben würde.

»Wir sehen uns im Sommer in Commercy. Dann werde ich Ihnen neue Gedichte zeigen, besser als diejenigen, die Sie schon kennen.« Commercy war die Sommerresidenz des Königs; man erwartete sie und Voltaire dort im Juli.

Er küsste sie zerstreut, stieg in den Sattel und strich ihr mit der Hand über die Wange, bevor er die Zügel nahm und das Pferd antrieb.

Sie war so enttäuscht, dass sie sich auf die Lippe beißen musste, um nicht loszuweinen, bevor er hinter der Kurve verschwunden war.

Bald darauf packte sie Manuskripte und Bücher zusammen, um Voltaire nachzureisen. Die Zukunft war höchst ungewiss. Alles, was sie wusste, war, dass man Saint-Lambert in die Toscana eingeladen hatte. Frühling in Italien! Sie musste ihn dazu überreden, nicht zu fahren. Es wäre nicht richtig von ihm, jetzt zu verreisen, sie brauchte ihn in ihrer Nähe.

Paris wartete auf ›Semiramis‹. Voltaire ging täglich ins Theater, um den Fortschritt der Arbeiten zu überwachen. Die Dekorationen waren ausgesprochen düster, und das Gefühl, sich in einem Mausoleum zu befinden, machte alle nervös und unsicher, fürchteten sie doch die Reaktion des Publikums. Voltaire dagegen war zufrieden, er bemerkte nichts von den Blicken, die innerhalb des Ensembles gewechselt wurden. Abends kehrte er gehobener Stimmung in die Rue Traversière zurück, wo sie gemeinsam das Abendessen einnahmen. Émilie verbrachte die Stunden am Schreibtisch, schrieb Briefe und arbeitete.

Florent war von König Stanislaus für einen Posten auserwählt worden. Nicht gerade das, was sie sich für ihn erhofft hatte, aber doch gut genug; es war eine sichere Position.

Die Briefe, die sie Saint-Lambert schickte, wurden immer länger und wechselten ständig das Thema. Sie befürchtete, dass Saint-Lambert sie bald nicht mehr lesen wollte, und schrieb dennoch immer weiter, denn gerade in diesen Briefen konnte sie ihren Gedanken freien Lauf lassen. Gegen Ende der Briefe entschuldigte sie sich oft, auch das war nicht gut. Doch Briefeschreiben war für sie so wichtig wie das Atmen geworden.

Das Plätschern des Wassers war es, das sie aus der Zeit in der Sommerresidenz des Königs am besten in Erinnerung hatte. Dort gab es riesige Fontänen und Springbrunnen. Alleen schlängelten sich an kleinen, versteckten Lusthäusern vorbei. Alles erweckte den Eindruck, als sei der gesamte Ort ein von der Natur erschaffenes Wunderwerk. Die herrliche Parkanlage in der Lorraine hätte ein Paradies sein können, wenn Saint-Lambert dort auf sie gewartet hätte, wie sie es sich in ihren Träumen ausgemalt hatte.

Im Sommer war die Stimmung am Hofe freier und entspannter als sonst. Die Menschen waren fröhlich und verlebten unbeschwerte Tage. Nur Émilie war schwermütig. Während der Unterhaltung mit anderen schien sie oft geistesabwesend. Sie hielt Ausschau nach einem bestimmten Gesicht.

Sie hatte gehofft, dass Saint-Lambert sie in Commercy erwarten würde. Doch er war nicht gekommen.

Der erste Abend war schwierig für Émilie. Sobald sie glaubte, sich zurückziehen zu können, ohne den König dadurch zu kränken und gegen die höfische Etikette zu verstoßen, ging sie auf ihr Zimmer. An diesem Abend würde sie Voltaire keine Gesellschaft leisten. Sie nahm einen Bogen Papier und begann zu schreiben. Jemand hatte gesagt, Saint-Lambert hätte wegen seiner militärischen Pflichten nicht kommen können, aber niemand wusste mit Sicherheit zu sagen, was los war. Er sollte diesmal beim Pfarrer wohnen, und sie bat einen Dienstboten, den Brief dorthin zu bringen, für alle Fälle.

Wenig später klopfte es an der Tür. Konnte das der Bote sein, der unverrichteter Dinge mit dem Brief zurückkehrte?

Das käme ihr gelegen, denn in dem Fall könnte sie ihn neu formulieren. Es war kein schöner Brief geworden, nur verwirrte Gedanken, Wutausbrüche, Anklagen.

Aber es war Saint-Lambert. Er war *doch* gekommen. Als er ins Zimmer trat, zog er die Uniformjacke aus, setzte sich und lockerte den engen Kragen.

In seinem letzten Brief habe er sie gebeten, nicht zu viel von ihm zu erwarten, sagte er etwas steif. Er könne sie nicht so sehr lieben wie sie ihn, es sei ihm ganz einfach nicht gegeben. Hatte sie den Brief vielleicht nicht bekommen?

Sie schwieg, schaute auf seinen Mund, der sich ununterbrochen bewegte. Sie hoffte, dass er endlich aufhören würde zu reden.

»Wahrscheinlich ist das Ganze für mich einfach nicht so wichtig wie für Sie. Wir müssen abwarten, etwas Zeit verstreichen lassen. Das verstehen Sie doch, nicht wahr? Ich denke dabei auch an Voltaire.«

»Ich war so froh, als ich erfuhr, dass Sie doch nicht nach Italien fahren würden.«

»Wir werden uns natürlich weiterhin sehen wie bisher, aber ich kann Ihnen keinerlei Versprechungen machen.«

Sie verstand nicht, wovon er redete. Er war gekommen, das war doch gut, nicht wahr? Somit hatte sie den Aufschub bekommen, den sie so dringend brauchte. Sie würde ihn dazu bringen, sie zu lieben, sich ihr ganz und gar hinzugeben.

Am nächsten Tag blieb sie in ihrem Zimmer und grübelte. Hatte sie sich tags zuvor noch unendlich gefreut, ihn zu sehen, und seine Reserviertheit einfach ignoriert, so war sie sich nun des Inhalts seiner Worte allzu bewusst. Hätte er es nur nicht so deutlich ausgesprochen. Sie setzte sich an den Schreibtisch, um zu arbeiten, aber es war unmöglich. Vor ihren Augen verschwammen die Buchstaben zu einem grauen Nebel.

Später machte sie sich vor dem ovalen Spiegel für den

Abend zurecht. Sie würde an der Tafel des Königs sitzen, es war unmöglich, sich entschuldigen zu lassen; er brauchte sie für die Unterhaltung am Tisch. Sie sah nicht gut aus, die Haut zu trocken, die Augen verquollen. Sie kaschierte alles mit einer dicken Schicht weißem Puder.

In Commercy endeten die Feste für gewöhnlich erst bei Sonnenaufgang. Die Menschen, die sich eine lange Nacht hindurch amüsiert hatten, traten gemeinsam in den Morgen hinaus und versammelten sich in einem Pavillon, in dem die großen Fenster weit geöffnet waren. Es war ein prächtiger Ort, ideal, um die Sonne am Horizont aufgehen zu sehen. Alle Sorgen schienen wie ausradiert. Manchmal ergriff Saint-Lambert ihre Hand oder strich ihr eine Strähne aus dem Gesicht, ohne dass es jemand bemerkte. Von diesen winzigen Hoffnungsschimmern lebte sie.

Die Liebe will nicht im Verborgenen bleiben, sich nicht ewig verstecken. Sie will mehr, sie will ans Licht, will, dass andere sie sehen und daran teilhaben. Sie stellt Ansprüche, und wenn diese nicht erfüllt werden, geht sie schließlich zugrunde.

Émilie hätte so gern der ganzen Welt ihre Liebe gezeigt, dem gesamten Hof, doch weder Saint-Lambert noch Voltaire erlaubten es ihr.

Der Sommer war fast unmerklich in den Herbst übergegangen. Es gab Anzeichen dafür, dass sich etwas verändert hatte, ja beinahe vorüber war: Man konnte sehen, dass Saint-Lambert sich zurückzog. Émilie aber war auf diesem Auge blind, denn in ihr brannte noch immer das Feuer.

Auf der Karte sah es nicht weit aus von Brüssel nach Cirey. Émilie war diese Strecke jedoch schon oft gefahren und wusste, dass ihr eine lange und anstrengende Reise bevorstand. Jetzt, im trostlosen vorweihnachtlichen Winter, war es besonders schlimm. Die Straßenverhältnisse waren miserabel, der Wagen kam nur im Schneckentempo voran. Von dem ständigen Geruckel wurde ihr übel.

Es war der Prozess gewesen, der dazu geführt hatte, dass sie und Voltaire sich schließlich vom Leben am Hofe Stanislaus', wo sie sich seit dem Ende des Sommers aufhielten, losgerissen hatten. Es war ihr sehr schwergefallen, von Lunéville Abschied zu nehmen, aber sie war es ihrer Familie schuldig gewesen. Doch auch diesmal war es zu keinem endgültigen Abschluss des Gerichtsverfahrens gekommen. Während sie im Gerichtssaal saßen, hatte der Gegner neue Dokumente vorgelegt. Um herauszufinden, ob sie rechtskräftig waren, mussten sie genauestens geprüft werden. Wieder und wieder wurden die Verhandlungen unterbrochen und vertagt und ihnen neue Hindernisse in den Weg gelegt, so dass es bald keinen Grund mehr gab, noch länger in Brüssel zu bleiben. Außerdem hatte Voltaire darauf bestanden, den Winter in Paris zu verbringen.

Sie hatten geplant, nach dem Prozess eine Weile in Cirey zu bleiben, bevor sie nach Paris fuhren. Voltaire war vor ihr aus Brüssel abgereist, um die Herausgabe seines neuen Stückes voranzutreiben, wollte sich ihr aber unterwegs wieder anschließen. Sie freute sich darauf, wieder Gesellschaft zu bekommen, denn es gefiel ihr nicht besonders, allein in diesem unbequemen Wagen zu sitzen.

Émilie streckte den Rücken durch, richtete sich auf und lehnte sich zurück. Sie musste sich ein wenig ausruhen. Auf Cirey würde sie wieder arbeiten, aber im Augenblick war ihr ganz und gar nicht danach zumute. Normalerweise war sie stark, konnte fast alles ertragen, wusste aber zurzeit nicht, was mit ihr los war. Sie fühlte sich so schwerfällig und müde, müde von dem Jahr, das hinter ihr lag. Saint-Lambert hatte ihr so wenig geben können. Sie war zutiefst verunsichert, und ihre Gemütsverfassung schwankte zwischen unendlicher Hoffnung und großer Verzweiflung. Sie war sich bewusst, dass sie zu viel von ihm verlangte und dass sie ihn damit schließlich vertreiben würde. Aber sie konnte sich einfach nicht beherrschen und ging ihm mit ihren Briefen wahrscheinlich ziemlich auf die Nerven.

Sie rutschte auf dem lederbezogenen, harten Sitz der Kutsche hin und her. Kein Wunder, dass ihr bei diesem Geruckel übel wurde. Vielleicht ging es vorbei, wenn sie sich ruhig verhielt und geradeaus schaute. Es war besser, nicht daran zu denken. Wenn sie nur endlich daheim wäre! Dort würde sie niemand stören, sie könnte in Ruhe arbeiten.

Émilie dachte an ihr Arbeitszimmer, es musste unbedingt aufgeräumt werden. In letzter Zeit war viel liegen geblieben, sie war mit ihren Büchern von einem Ort zum anderen gezogen und hatte kaum hineingeschaut. Jetzt saß sie in einem Sumpf voller Ungewissheit und Zweifel fest, schaffte es aber nicht, diesen Mann aufzugeben. Er liebte sie nicht. Nun, vielleicht liebte er sie auf seine Weise, aber das war ihr nicht genug. Sie musste ihn dazu bringen, genauso heftig und bedingungslos zu lieben, wie sie es tat.

Eine Welle von Übelkeit überkam sie, und sie krümmte sich zusammen. Dieses Geruckel konnte sie wirklich nicht länger ertragen. Vermutlich war ihr auch deswegen übel, weil sie am Morgen nichts gegessen hatte. Als der Kutscher vor dem Hotel hielt, wo sie auf halbem Wege übernachten wollte und wo Voltaire bereits auf sie wartete, war sie vollkommen erschöpft, aber sehr erleichtert.

Sie saßen am Tisch vor dem offenen Feuer im Speisesaal. Émilie hatte das Gefühl, dass nicht einmal das Feuer ihr genügend Wärme spenden konnte, als hätte sich der Frost in ihrem Rückenmark festgesetzt. Es war lange her, dass Voltaire und sie eine derart traute Zweisamkeit genossen hatten; es war beinahe wie früher. Doch ihr Plan, nach Cirey zurückzukehren, um dort einige Monate in Ruhe zu arbeiten, statt gleich weiter nach Paris zu fahren, stieß bei Voltaire auf wenig Begeisterung. Er war der Meinung, sie sollten nicht zu lange auf Cirey bleiben. Émilie merkte, dass er nach den langen Monaten am Hofe rastlos geworden war.

Sie verabschiedeten sich und gingen getrennt auf ihre Zimmer; die Wärme und das Essen hatten Émilie gutgetan. In der Nacht träumte sie von ihrem Arbeitszimmer. Während ihrer Abwesenheit waren die Wände weiß gestrichen worden. Das Bett mit den steifen weißen Laken war neu. Auf dem Schreibtisch lag ein Manuskript mit ihrem Siegel darauf, ein dicker, geordneter Stoß Papiere. Die Schreibfeder lag daneben. Ganz deutlich sah sie das Tintenfass.

Am nächsten Morgen musste sie sich übergeben. Sie versuchte, so leise wie möglich zu sein. Das Wasser, das sie zum Waschen benutzte, war so kalt, dass sie am ganzen Leib zitterte. Rasch zog sie sich an, damit sie aufbrechen konnten. Endlich ging es nach Hause.

Auf einmal hatte sie das Gefühl, als wäre Saint-Lambert in ihrer Nähe, als durchrieselte sie eine süße Dunkelheit. Wie beim letzten Mal, als sie zusammen gewesen waren. Wie so oft hatten sich Kummer und Enttäuschung unter ihre Glücksgefühle gemischt. Er war völlig verschlossen gewesen, und es war ihm schwergefallen, ihr Versprechungen zu machen. Trotzdem hatte es sich so gut angefühlt, seine warme Haut auf ihrem Körper zu spüren.

Als sie das Schloss erreichten, dämmerte es bereits. Im trüben Licht des Abends sah das Gebäude größer aus, als es in Wirklichkeit war. Der niedrige Seitenflügel, den Voltaire einst hatte errichten lassen, schien völlig verlassen, als sie auf den Innenhof einbogen. Émilie aber wusste, dass sie erwartet wurden. Drinnen war es warm, die vertraute Halle empfing sie. Sie ging direkt ins Arbeitszimmer, um nachzusehen, ob alles in Ordnung war.

Es war der 24. Dezember, der Heilige Abend. Es würden ruhige Weihnachtstage werden. Voltaire verlangte sofort nach Brot, Suppe und Wein. Er liebte es, immer wieder darauf hinzuweisen, dass ein Philosoph nichts weiter benötige. Im kleinen Salon war für sie beide gedeckt worden; hier verbreitete das offene Feuer mehr Gemütlichkeit als im Hotel am Abend zuvor.

»Endlich sind wir hier, und hier wollen wir bleiben, nicht wahr?«

Obwohl sie wusste, dass die Zukunft anders aussehen würde, wünschte sich Émilie, dass sie hierbleiben könnten, für immer und ewig. Gerade jetzt schien ihr das die beste Lösung zu sein. Auch Voltaire wurde langsam etwas ruhiger.

»Ja, ich glaube, ich könnte hier noch einmal einen Neubeginn wagen«, sagte er.

»Ich habe keine Zeit für einen Neubeginn, ich muss endlich fertig werden.«

»Warum diese Eile? Jetzt haben Sie doch Zeit.«

»Ich weiß nicht. Die Übersetzung hat schon so viele Monate in Anspruch genommen, langsam verliere ich die Geduld. Die Zeit drängt.«

Als sie die Worte ausgesprochen hatte, wusste sie, dass es die Wahrheit war. Die Zeit drängte. Schlafen. Dann beginnen.

Newton

Der Schüttelfrost nahm allmählich ab, ihre Hände zitterten nicht mehr. Sie wischte sich den kalten Schweiß von der Stirn. Im offenen Kamin hinter ihrem Rücken knisterte das Feuer. Der Diener kam herein, um zu fragen, ob sie das Essen auf ihrem Zimmer serviert haben wolle, doch sie winkte ab. Allein der Gedanke an Essen bereitete ihr Übelkeit.

Dieser Brief war der schwierigste von allen. Sie hatte schon viele geschrieben, aber noch keinen, von dem sie im Voraus schon wusste, dass er den Empfänger sehr verletzen würde. Der Brief ging an Voltaire. Kurz nach Neujahr war er von Cirey abgereist, ohne dass sie sich ihm anvertraut hatte. Es hatte noch eine winzige Möglichkeit bestanden, dass sie sich irrte. Etwas Unerwartetes hätte geschehen können, das die Lage grundlegend verändert hätte. Jetzt aber gab es keinen Zweifel mehr, und derjenige, der es zuerst erfahren musste, war der Mann, mit dem sie so lange ihr Leben geteilt hatte. Sie bemühte sich, die richtigen Worte zu finden, und vergaß beinahe, dass es für sie selbst am schlimmsten war. Schließlich war *sie* diejenige, die ein Kind erwartete. Keine schöne Geschichte.

Ihr war, als hätte sie ihr Todesurteil bekommen. Die Zukunft lag nicht mehr wie eine große, weite Ebene vor ihr, sondern war zu einem kleinen, engen Raum geworden, aus dem weder Fenster noch Tür ins Freie führte. Früher hatte Émilie nur selten an den Tod gedacht, dafür war das Leben viel zu kurz. Sie hatte sich die Worte des Dichters Jean-Baptiste Louis Gresset zu eigen gemacht: Der Schmerz dauert ein ganzes Jahrhundert lang, der Tod nur einen Augenblick.

Tränen fielen auf den Briefbogen und verwischten ihre Worte. Doch Weinen half ihr jetzt nicht weiter. Sie zerknüllte das Papier, warf es ins Feuer und nahm einen neuen Bogen zur Hand. Dann begann sie zu schreiben. Sie benutzte nüchterne Worte, um nicht den Eindruck eines großen Unglücks zu erwecken, wollte und konnte aber andererseits nichts mehr verheimlichen: »*Geliebter Voltaire* …«

Jetzt gab es nur noch sie und Newton. Sie brauchte keine Lehrer mehr. Doch wenn sie es schaffen wollte, rechtzeitig fertig zu werden, brauchte sie jemanden, der ihr mit der Übersetzung half. Würde Clairaut sie unterstützen, wenn sie nach Paris kam? Erneut verspürte sie Übelkeit. Am frühen Morgen war ihr schon mehrmals schlecht gewesen, und als sie bei Tagesanbruch aufgestanden war, hatte sie sich übergeben müssen. Das hatte sie daran erinnert, wie wenig Zeit ihr noch blieb. Wenn nur Saint-Lambert bei ihr wäre. Doch vielleicht würde er ihr gerade fernbleiben, wenn er von ihrem Zustand erfuhr. Nein, dann lieber Voltaire. Der aber war nach Paris gefahren, wo er, wie er sagte, am besten arbeiten konnte. Im Augenblick musste sie allein zurechtkommen. Sie arbeitete jeden Tag an der Übersetzung, als wäre nichts geschehen. Bevor ihr alles noch schwerer fiel und sie Schmerzen bekam, wollte sie mit ihrer Arbeit so weit wie möglich kommen. Am besten wäre es, vor der Niederkunft mit der Übersetzung fertig zu werden, es musste zu schaffen sein. Sie wusste, dass eine Geburt in ihrem Alter ein Spiel mit hohem Einsatz und unsicherem Ausgang war. Für den Moment fühlte sie sich jedoch stark genug, wenn nur die Übelkeit nicht gewesen wäre. Außerdem quälte sie der Gedanke an die große Distanz, die sie von Saint-Lambert trennte. Von Cirey nach Nancy war es ziemlich weit, und auf Lunéville herrschte Marie Catherine.

Jetzt erkannte sie, dass die Mathematik ihr Weg war, die Sprache, die sie gelernt und sich zu eigen gemacht hatte. Die Mathematik war die Königin der Wissenschaften. Nicht zu vergleichen mit der Geschichte, einer Wissenschaft, die nie ganz der Wahrheit entsprach. Die Mathematik herrschte auch über die Physik und die Chemie, eher unfertige, junge, empirische Naturwissenschaften. Die Mathematik beinhaltete Grundsätze, Axiome, Gesetze und Prinzipien. Daraus konnte alles abgeleitet und die ganze Natur erklärt werden. Die Mathematik suchte die Wahrheit, fragte dabei nicht nach der Meinung des Suchenden. Derjenige, der suchte, würde die Wahrheit finden.

Noch einen Absatz und es wurde zu dunkel zum Schreiben. Am Rand des Tisches entlang hatte sie zwanzig Kerzenständer mit dicken weißen Kerzen aufgestellt, die sie nun eine nach der anderen mit ruhiger Hand anzündete. Newtons Text leuchtete ihr entgegen wie ein Freund. Alles würde gut werden. Doch ihre Gedanken kreisten immer wieder um dieselbe Tatsache: Ihr blieb nicht viel Zeit.

Konzentration. Sie richtete sich auf. Ein neues Jahr war angebrochen, 1749. Draußen herrschte blaues Dämmerlicht, sie hoffte, dass der Frühling dieses Jahr früh kommen würde. Wie würden sie am Hofe über sie reden, wenn sich die Nachricht von ihrem Zustand verbreitete?

Zuerst hatte sie ein kurzes Aufflammen von Freude gespürt. Wenn sie jetzt daran dachte, schämte sie sich beinahe. Sie hatte geglaubt, dass Saint-Lambert ihr durch das, was geschehen war, für immer nah sein würde. In Wirklichkeit war sie einsamer als je zuvor.

Sobald er ihren Brief erhalten hatte, war Voltaire von Paris aufgebrochen, um bei ihr zu sein. Er konnte es zuerst nicht glauben, doch als Émilie ihm ruhig von ihren Plänen erzählte und ihm erklärte, wie sie sich die nächsten Monate vorstellte, wurde ihm klar, dass sie es bereits eine ganze Weile gewusst haben musste. Ihm habe sie es zuerst mitteilen wollen, sagte sie ihm, später würde sie Saint-Lambert schreiben.

»Ich bin Ihretwegen in großer Sorge und unendlich traurig

darüber, Sie so zu sehen. Bedauernswert ist auch das Kleine, das zur Welt kommen wird«, sagte Voltaire.

»Ich kann es nicht ändern, jetzt liegt alles in Gottes Hand«, erwiderte sie. »Wenn ich es überhaupt schaffen sollte, die Übersetzung fertigzustellen, werden die nächsten Monate sehr arbeitsreich sein.«

»Es wird schon alles gut gehen«, versuchte er ihr Mut zu machen. »Sie haben so viel erreicht, dass Sie das hier auch schaffen werden. Den Willen dazu haben Sie jedenfalls.«

Seine Worte trösteten sie ein wenig. Doch sie musste immer wieder an Elisabeth denken. Es war geschehen, als sie mitten in der Arbeit an ›Institutionen der Physik‹ steckte. Émilie hatte sofort alles stehen und liegen gelassen, um bei ihrer Freundin zu sein, als die Geburt des Kindes bevorstand. Die Schwangerschaft war für Elisabeth eine schwierige Zeit gewesen, die letzten Monate hatte sie im Bett verbracht. Richelieu war verreist und kam nicht rechtzeitig zur Geburt. Rund um die Uhr war Émilie bei der gebärenden Frau geblieben. Es war eine lange und zermürbende Geburt gewesen, und immer wieder musste Émilie daran denken, wie die Freundin später Fieber bekommen hatte und gestorben war. So etwas war zwar nicht ungewöhnlich, dennoch war es eine schreckliche Erfahrung und ein großer Verlust gewesen.

Sie saßen am Tisch, Voltaire streichelte ihre Hand. Wohin würde ihr gemeinsamer Weg sie jetzt führen?

»Am schlimmsten war es für mich, zuschauen zu müssen, wie Sie sich zu einem Mann, der Ihrer nicht würdig ist, hingezogen fühlten«, sagte Voltaire zögerlich.

»Ich habe ihm mehr gegeben, als er mir zurückgeben konnte. Trotzdem bereue ich nichts. Vielleicht sind wir beide schuld an dem, was passiert ist. Auch Sie.« Émilie errötete ob ihrer eigenen Worte. Sie wollte noch etwas sagen, ihre Worte abmildern, doch Voltaire hob die Hand.

»Lassen Sie es gut sein, es ist nicht mehr wichtig. Ich bleibe an Ihrer Seite, solange Sie wollen.«

Sie hielt ihr Weinglas gegen das Licht und starrte in die goldene Flüssigkeit. Kristalle und Partikel brachen das Licht, warfen es zu ihr zurück. Das war es, was sie sich früher einmal gewünscht hatte: vom Licht der Wissenschaft erleuchtet zu werden. Dort gab es Räume, an deren Enden sich Türen öffneten und den Blick in immer neue Räume freigaben. Was befand sich im letzten Raum? Existierte er überhaupt? Er musste existieren, denn in ihm war die göttliche, absolute, letzte Wahrheit.

Schon oft hatten sie darüber diskutiert. Wie oft würden sie es noch tun können? Voltaire war der Meinung, dass sich in diesem letzten Raum der menschliche Wille befand. Für ihn musste das Göttliche dem Menschlichen weichen.

Sie würde sich noch intensiver ihrer Arbeit widmen müssen, so viel wie möglich fertigstellen, am besten alles. Jeden Tag und jede Stunde vor der Geburt musste sie ausnutzen.

Sie tranken, ließen sich vom Wein erwärmen. Was gedenke Sie in Hinblick auf Florent zu unternehmen?, wollte er wissen. Und was war mit den Kindern? Auch wenn ihr Ehemann ihr Verhältnis zu Voltaire gebilligt habe, würde ihm diese neue Situation nicht gefallen. Ein uneheliches Kind wäre für ihn sicher vollkommen inakzeptabel.

Das Essen wurde aufgetragen, und Émilie blieb ihm ihre Antwort schuldig. Sie bedienten sich von der großen Platte, während man ihre Weingläser nachfüllte.

Es gab keinen Grund, länger auf Cirey zu bleiben. Sie würden bis Februar abwarten und anschließend nach Paris fahren. Außerdem musste Émilie herausfinden, wo sie gebären wollte, Cirey war kein geeigneter Ort dafür. Es war tröstlich, sich über praktische Dinge zu unterhalten.

An dem Tag, als Florent du Châtelet auf Cirey erwartet wurde, erwachte Émilie im Morgengrauen mit einem Gefühl, dass jetzt alles auf einmal geschehen musste. Sie krümmte sich unter der Decke zusammen, stand dann aber sofort auf. Nachts schlief sie zurzeit nur wenige Stunden, und sie fröstelte nach einer weiteren Nacht mit wenig Schlaf. Nachmittags wurde sie meistens von einer schweren Müdigkeit befallen.

Émilie wollte stark sein und die Fäden in der Hand behalten, um die Menschen um sie herum dazu zu bringen, an einem Strang zu ziehen, damit das Unglück nicht noch größer würde. Es ging auch um die Zukunft des kleinen Lebens, das sie unter ihrem Herzen trug, um das Ansehen der Familie und schließlich um sie selbst.

Es war ein klarer, kalter Tag; Raureif lag auf den Wiesen rund um das Schloss. Noch einmal ging sie durch die Räume, vergewisserte sich, dass für den Mann, den sie erwartete, alles sauber, aufgeräumt und vorbereitet war. Dann stellte sie sich an das große Fenster und holte tief Luft, als wollte sie ihr Inneres mit der blassen Morgensonne füllen.

Vom Innenhof her vernahm sie Geräusche. Auf dem Weg hinaus blieb sie vor einem der großen Spiegel in der Halle stehen, um sich davon zu überzeugen, dass ihr Gesicht in Ordnung war. Es war ein sehr blasses Gesicht; ein blauer Schatten schimmerte unter der weißen Haut, wie durch Wasser hindurch. Die schwarzen Augen schienen in sich selbst zu blicken. Sie drehte sich um und ging zur Tür hinaus.

»Florent, mein lieber Ehemann, wie war die lange Fahrt?«

Wie gewöhnlich trug er eine Uniform. Seit ihrem letzten Treffen war viel Zeit vergangen, aber er sah nahezu unverändert aus, war vielleicht ein wenig voller geworden. Sie freute sich sehr, ihn zu sehen, alles schien vertraut und normal. Émilie ging auf ihn zu und ließ sich von ihm auf beide Wangen küssen.

»Liebste Émilie«, sagte Florent, nachdem sie eingetreten waren, »warum haben Sie mich gebeten, mitten in der Musterung zu kommen? Sie wissen doch, wie schwierig das für mich ist.«

»Es ist wichtig, dass wir uns über den weiteren Verlauf des Prozesses in Brüssel einigen. In letzter Zeit haben sich Dinge zugetragen, von denen ich der Meinung bin, dass Sie darüber Bescheid wissen sollten.«

Sie sprach mit fester Stimme.

»Natürlich, Sie haben recht, aber hätte das nicht Zeit gehabt?«

»Es geht natürlich nicht nur um den Prozess. Ich habe Sie vermisst, schließlich haben wir uns schon so lange nicht mehr gesehen«, sagte Émilie und sah ihm in die Augen. Sie hatte Angst, sich zu verraten, wenn sie seinem Blick ausweichen würde. Bei ihren Worten nahmen seine Gesichtszüge jedoch einen weichen, zärtlichen Ausdruck an.

»Ich dachte, dass wir uns vielleicht die neuen Pferde anschauen könnten«, sagte sie schnell, da sie wusste, dass er sich dafür mehr interessierte als für ihre Wissenschaft.

Nicht nur, was ihre Arbeit, ihre Studien betraf, von denen er selbst nicht viel verstand, hatte er ihr immer freie Hand gelassen. Auch in jeder anderen Hinsicht. Und sie hatte sein Vertrauen missbraucht.

»Ja, schauen wir uns doch die Fohlen an. Sie sind sicher schon sehr gewachsen.«

Er nahm ihren Arm und führte sie aus der Halle, als wäre er es, der hier wohnte, und sie wäre der Gast. Er fühlte sich zu Hause.

Am Abend würden sie gemeinsam essen, das kam nicht oft vor. Voltaire war unterwegs, musste einiges erledigen, wollte aber versuchen, gegen Abend nach Cirey zurückzukehren. Florent unterhielt sich gern mit ihm. Er behandelte sie beide mit dem gebührenden Respekt, der ihnen als Wissenschaftler zustand.

An diesem Tag hatten die Diener mehr zu tun als sonst. Doch das gefiel ihnen insofern, als dass der Marquis ein Mann war, der das zu schätzen wusste, was man für ihn tat und was man ihm anbot. Ganz anders als Émilie und Voltaire, die kaum jemals einen Gedanken daran verschwendeten, dass sie von Menschen umgeben waren, die dafür sorgten, dass alles wie von selbst lief. Die beiden lebten nicht nach den Regeln, die Menschen ihres Ranges normalerweise befolgten. Sie aßen, tranken und diskutierten, wenn sie das Bedürfnis danach verspürten. Jetzt aber war Florent gekommen, und obwohl er sich Émilies Regime normalerweise unterordnen musste, war sie diesmal nachgiebiger als sonst.

Weil man den Marquis bei den Pferden erwartete, standen die Tore an der Längsseite des Stalles weit offen. Gänse und Hühner, die sonst im Dreck draußen vor dem Stall herumwühlten, waren eingefangen und in den umzäunten Bereich auf der Rückseite des Gebäudes gebracht worden. Émilie hatte die Knechte gebeten, den Stall in Ordnung zu bringen und besonders gut auszumisten.

Nach einer Runde durch den Stall, bei der Florent den Fohlen den Kopf tätschelte und die neu gekauften Pferde in Augenschein nahm, war es Zeit für einen Ausritt. Émilie entschuldigte sich damit, dass sie viel zu tun habe. Sie war nicht in der richtigen Verfassung für einen Ausritt, diesmal musste er alleine reiten.

Émilie ließ sich nicht oft in der Küche blicken. Normalerweise ließ sie der Dienerschaft freie Hand, doch manchmal kam es zu unerwartet heftigen Ausbrüchen, immer scheinbar unbegründet, mit denen sie signalisierte, dass sie unzufrieden war. Man hätte die Dienerschaft in zwei Gruppen einteilen können – diejenigen, die sich an diese Ausbrüche nie gewöhnen konnten, und die anderen, die ruhig abwarteten, bis sich der Sturm wieder gelegt hatte.

Die Küche lag im Keller. Es war ein großer, länglicher Raum mit Erdboden. Allein die kleinen Öffnungen hoch oben an der Längswand ließen ein wenig Tageslicht einfallen. An einer der Wände gab es eine gemauerte offene Feuerstelle, wo unter hitzebeständigen Platten Feuer gemacht wurde, um darauf zu kochen. Über den langgestreckten Küchenschränken hingen Kupferkessel und Töpfe in Reih und Glied.

Sie wollte sich vergewissern, dass man an diesem Tag Fleisch von höchster Qualität verwendete, und ordnete an, das Essen Punkt acht zu servieren. Sie sah sich die Auswahl der Weine an und bat darum, nur vom Besten auszuschenken. Heute gab es keine scharfen Worte.

Sie stand in ihrer Schlafkammer und schaute auf das Tal hinaus. An diesem Abend trug sie ein helles Kleid, weiß mit einem Hauch von Silber, dazu perlen- und perlmuttbesetzten Schmuck und Schuhe. Sie legte eine extra Schicht weißen Puder auf, mehr, als sie normalerweise benutzte. Ihre Lippen hob sie ganz leicht mit einem schwachen Rot hervor. Das hochgesteckte Haar wurde mit Perlen und Diamanten verziert, um den Hals trug sie die lange dreigliedrige Perlenkette, die Florent ihr zur Verlobung geschenkt hatte. Trotz der hellen Kleidung fühlte sie sich schwerfällig, als zöge sie jemand einem Zentrum entgegen, dem Mittelpunkt aller Kräfte. Es war so verlockend, diesem Sog nachzugeben und sich dort zur

Ruhe zu begeben, in einem großen, warmen Schoß. Nein, sie musste sich zusammenreißen. Sie biss sich in den Daumen, trat wieder ans Fenster, blieb lange dort stehen. Sie wusste nicht, wie lange.

Émilie musste wieder an das Licht denken. Was es bloß war? Es bewegte sich. Ob es ein Eigengewicht hatte? Ob es aus kleinen Partikeln bestand oder nur schwerelos dahinschwebte? Ihr Vater hatte das Licht geliebt, so wie sie selbst. Für sie bedeutete Liebe Licht. Ohne Licht konnte sie nicht leben.

Florent war ein wenig enttäuscht, dass Voltaire nicht mit ihnen speisen würde. Er saß Émilie am Tisch gegenüber. Neben ihnen brannte ein Feuer im Kamin. Der Tisch lag in einem Kranz von Licht, außerhalb davon war alles dunkel. Das Essen war schmackhaft und gut gewürzt, und sie aßen, ohne zu sprechen. Er war mit dem Wein, den sie ausgesucht hatte, zufrieden, und sie prosteten sich zu. Ihr war nach Weinen zumute, ohne dass sie hätte sagen können, warum. Florent ahnte nichts und schien glücklich, es gab nichts Böses zwischen ihnen.

Nach dem Essen zogen sie ihre Stühle vor den Kamin. In Brüssel ging der Prozess um die Erbschaft der Familie du Châtelet tatsächlich seinem Ende entgegen, und Émilie berichtete, was passiert war, als sie sich im Dezember dort aufgehalten hatte. Es gab viele Parteien, die einen Teil der Erbschaft für sich beanspruchten. Sie diskutierten verschiedene Vorgehensweisen und einigten sich darauf, dass Émilie, wenn nötig, noch einmal hinfahren würde, um sich ihrer gemeinsamen Interessen in dieser Sache anzunehmen. Sie dachte daran, dass sie es vielleicht nicht schaffen würde, sagte aber nichts. Das Erbe könnte hilfreich werden; es würde dazu beitragen, die Zukunft der Kinder zu sichern.

Den starken, süßen Kaffee nahmen sie in Émilies Zimmer ein. Florent erzählte stolz, dass ihr Sohn sich beim Militär gut behaupte, wenngleich man in unruhigen Zeiten lebe. Täglich warteten sie auf Nachricht wegen des Friedensschlusses mit England. Das Thema beschäftigte ihn sehr, und er vergaß sogar, nach Voltaire zu fragen, wofür sie dankbar war. Sie schmiegte sich an ihn, und er begriff, dass er bis zum Morgen bleiben dürfe.

Seit den Jahren kurz nach ihrer Hochzeit hatten sie nicht mehr das Bett miteinander geteilt; mehr als zwanzig Jahre war das nun her. Sie wollte ihm die Chance geben, behaupten zu können, dass er der Vater des Kindes sei, das sie in sich trug; das wäre für sie, für ihn und für ihre beiden anderen Kinder das Beste. Darüber, was er wirklich dachte, musste er Stillschweigen bewahren, so wie sie.

In ihrer Kammer war es noch dunkel. Émilie war aus unruhigem Schlaf erwacht, blieb aber mit geschlossenen Augen liegen. Florent küsste sie sanft auf die Lider und flüsterte Adieu. Er kroch aus dem Bett und verschwand. Bei Tagesanbruch musste er zurück in der Garnison sein; zurzeit war es schwer, freizubekommen.

»Sie haben es Florent doch nicht etwa erzählt, oder?«

Voltaire sah Émilie direkt in die Augen, doch sie wich seinem Blick aus. Beide hatten sie Wahrheit und Aufklärung verehrt, überholte Auffassungen über Bord werfen und Halbwahrheiten als solche erkennbar machen wollen. Ob sie jetzt vorhabe, ihre eigenen Geheimnisse zu kultivieren? Sie wusste nicht, wie sie die Frage beantworten sollte. Sie hatte es Florent erzählt und es ihm gleichzeitig nicht erzählt. Eigentlich glaubte sie, dass Florent alles begriffen hatte und dass sie kein Wort mehr darüber verlieren mussten. Voltaire schüttelte den

Kopf. Er erkannte sie nicht wieder, so kraftlos und zweifelnd. Hastig verließ er das Zimmer, um sich seine Wut nicht anmerken zu lassen.

Sie hatte vor, Florent in einem Monat einen Brief zu schreiben und ihm mitzuteilen, dass er einen neuen Erben erwarten dürfe. Was würde er denken? Würde er bereuen, dass er die Nacht mit ihr verbracht hatte? Sie war sich nicht sicher, glaubte aber, dass er es verstehen würde.

Voltaire drängte darauf, die Abreise nicht länger hinauszuschieben. Der Grund für seine Eile war ein Stück, das das Theater in Paris für die Spielzeit im Frühjahr bestellt hatte; außerdem musste er seine hart erkämpfte Stellung in Versailles verteidigen und öfter am gesellschaftlichen Leben teilnehmen, wozu er im vergangenen Jahr wenig Gelegenheit gehabt hatte. Die Zeit war gekommen, das sah Émilie ein, doch sie war traurig, Cirey zu verlassen. In Paris wäre sie noch weiter von Saint-Lambert entfernt. Sie würden kaum Gelegenheit haben, sich vor dem Sommer zu sehen. Sie hatte ihm einen Brief geschrieben, aber keine Antwort erhalten.

Jeden Morgen saß Émilie in ihrem Arbeitszimmer und überarbeitete das, was sie zuvor übersetzt hatte. Auch im Labor gab es für sie einiges zu tun; schon seit Langem hatte sich niemand mehr darum gekümmert. Sie wollte, dass vor ihrer Abreise alles geputzt und aufgeräumt wurde, und beorderte die Dienerschaft dorthin. Da sie sich nicht darauf verlassen wollte, dass die Diener vorsichtig genug wären, baute sie die zerbrechlichsten Instrumente selbst ab.

Würde sie überhaupt jemals wieder nach Cirey zurückkehren können? Sie musste ganz einfach daran glauben. Die Glaskolben sollten funkeln und die Messinggewichte blitzen. Alles musste für den zukünftigen Gebrauch bereitstehen.

Sie hatte Saint-Lambert geschrieben und ihm erzählt, dass sie schwanger sei, dass sie sich die Zeit, die vor ihr lag, genau einteilen und sie sich darum kümmern müsse, wo sie gebären wolle. Ob in Paris oder auf Lunéville, sie wisse es nicht, das sei auch von ihm abhängig. Noch hatte sie keine Antwort bekommen. Wahrscheinlich wagte er es nicht, ihr zu erzählen, dass er zu Marie Catherine zurückgekehrt war, und brachte es deswegen nicht fertig, ihr zu schreiben; so musste es sein.

Sie wollte ihn nicht zu sehr mit ihrem Kummer belästigen, ganz vermeiden ließ es sich aber nicht. Und immer noch hoffte sie, dass er ihre Liebe spürte, die sich in ihren Briefen leider so oft mit Unmut vermischte.

Ungeduldig wartete sie auf Nachricht von ihm. Hoffentlich würde sie keinen ironischen, kalten Brief als Antwort bekommen. In dem Fall würde sie innerlich zerbrechen. Ihre Stimmungen schwankten, die Hoffnung schwand, um im nächsten Augenblick wieder größer zu werden.

Als sie das Haus in der Rue Traversière bezogen, waren sie anfangs beide sehr beschäftigt gewesen. Sie hatten seit Langem nicht mehr dort gewohnt, die Diener mussten in ihre täglichen Aufgaben neu eingewiesen werden. Das lenkte Émilie ein wenig von ihrem Kummer ab. Sicherlich war alles in bester Ordnung, gewiss würde er die Verantwortung übernehmen, die von ihm verlangt wurde, versuchte sie sich zu trösten.

Doch warum schrieb er ihr nicht? Sie versuchte zu arbeiten, starrte aber immer wieder Löcher in die Luft. Wenn er nicht begriff, in welcher Situation sie sich befand – es war eine Schande, in ihrem Alter schwanger zu werden –, war er ein Mann ohne Respekt. Nun gut, er musste tun, was er für richtig hielt. Sie fasste wieder Mut, doch dieses Gefühl hielt nicht lange an.

Noch einmal las sie seine alten Briefe, suchte zwischen den Zeilen, fand aber nicht die Liebe, die sie früher einmal darin gesehen hatte und die sie jetzt so dringend gebraucht hätte. Sie hatte mehrere unruhige Nächte hinter sich, wollte aber nicht den Arzt rufen, um sich keinem unnötigen Aderlass unterziehen zu müssen. Ununterbrochen dachte sie darüber nach, was sie ihm noch einmal schreiben könnte. Sie wollte die Missverständnisse aufklären, durfte ihm nicht zeigen, wie traurig sie war. Das würde ihn sicher nur langweilen.

Im Februar konnte sie sich immer noch nicht auf ihre Arbeit konzentrieren. Alles schien ihr zuwider, der Anblick anderer Menschen machte sie nur noch einsamer. Endlich bekam sie einige wenige Zeilen von Saint-Lambert. Es war ein nichtssagender Brief, der ihre vielen Fragen unbeantwortet ließ. Wenn er gewusst hätte, wie sie sich fühlte, hätte er vielleicht anders geschrieben. Doch sie musste sich wohl endgültig damit abfinden, dass er ihre Liebe nicht erwiderte, jedenfalls nicht so, wie sie es sich wünschte.

Saint-Lambert,
es ist mir unmöglich, auf Dauer immer nur Monologe zu führen, so wie mein Herz es die ganze Zeit getan hat, seitdem Sie nach Lunéville zurückkehrten. Ich bin in allem extrem, das wissen Sie. Ich liebe Sie bis zum Wahnsinn und sterbe aus Trauer darüber, von Ihnen getrennt zu sein. Als Antwort auf meine zärtlichsten Briefe und auch auf andere, die ich in sehr erregtem Zustand schrieb, schreiben Sie mir einen Brief, der deutlich verrät, dass es Ihnen schwerfällt, auch nur eine einzige Seite zu füllen. Sie haben mir so wenig zu sagen, dass

Sie von Catilina reden müssen, von dem niemand mehr spricht, und ich weiß genau, dass Sie es tun, um nicht über Madame Boufflers sprechen zu müssen. Sie sind es aber nicht, der mir diese Briefe schreibt, es sind nicht Ihre Briefe, es ist nicht Ihr Herz. Sie treiben mich zur Verzweiflung, sodass ich fast bereue, mich an Sie gebunden zu haben. Wenn Sie einen Brief wie den Ihren von mir bekommen hätten, wie hätten Sie reagiert? Wenn meine Briefe Sie unberührt lassen, hat Ihr Herz mir nichts zu geben. Wenn Sie mich nicht mehr wollen, wenn Sie mich nicht so wie früher lieben können, dann verbergen Sie es bitte nicht vor mir. Die Unsicherheit, die ich zurzeit fühle, ist eine Strafe so grauenvoll, dass ich davon krank werde. Es ist besser, wenn ich hier gebäre und Lunéville und Sie vergesse. Mein Schicksal liegt in Ihren Händen. Lieber gebe ich Sie auf, als dass mein Herz sich so verhärtet wie das Ihre. Sie betrügen mich mit Madame B., aber das ist mir gleich, wenn Sie mich nicht mehr lieben.

Es ist für mich eine bittere Enttäuschung, dass ich von Ihrer Liebe verführt worden bin und dass ich geglaubt habe, Sie hätten ein Herz, das meiner würdig ist. Ich verbringe die Zeit mit Tränen und Verzweiflung, und Sie erzählen von einem Ball! Sie nehmen keine Rücksicht auf starke Bindungen, Sie quälen mich immer weiter, spielen mit mir, vielleicht werden Sie mich opfern. Sie sind nicht mehr so, wie Sie einmal waren. Sie erwähnen nicht mehr das Porträt, das Sie mir in Ihrem ersten Brief versprachen. Ich liebe Sie, das ist die Wahrheit, doch ich möchte lieber sterben, als zu lieben, ohne geliebt zu werden. Das wäre eine zu harte Strafe.

Émilie

Sie hatte sich in ihrer Einsamkeit verkapselt, war allem fern geworden. Sie litt unter ständigem Schlafmangel. An einem frühen Morgen, als sie sich in die Tuileriengärten hatte fahren lassen, um ein wenig Luft zu schnappen, nahm sie ganz schwach einen Geruch wahr, den sie schon fast vergessen zu haben glaubte: den frischen, etwas säuerlichen Duft von Erde. Die Frühlingsblumen waren gerade aufgegangen und standen jetzt in voller Blüte. Sie pflückte eine davon und betrachtete die kleine Blume. Diese perfekten Kronblätter waren auch für sie erschaffen worden.

Sie spürte eine flüchtige Bewegung in ihrem Bauch. Waren das ihre Nerven? Oder war es tatsächlich das Kind, das sie in sich trug, ein kleiner Fuß vielleicht, der von innen gegen die Bauchdecke trat?

Sie machte kehrt und ging zum Wagen zurück, stieg ein und bat den Kutscher, sich zu beeilen. Als sie das Haus in der Rue Traversière erreichten, ging sie hinein und sah die Räume im hellen Morgenlicht liegen. Hier gab es noch viel zu tun. Es war für sie schon fast zur Gewohnheit geworden, den Tod zu fürchten, und doch verspürte sie eine neue Entschlossenheit, neue Energie. Sie ging in ihr Arbeitszimmer hoch. Newton wartete auf sie.

Es kam ein weiterer Brief von Saint-Lambert. Er schien begriffen zu haben, dass er nicht länger schweigen konnte. Er wünsche ihr für die Geburt viel Glück und habe vor, sie im Sommer zu besuchen. Das war nicht viel, doch sie wollte diese kleine, schimmernde Perle unerwarteten Glücks unter allen anderen Papieren auf ihrem Schreibtisch gut verstecken. Von jetzt an würde sie sie am Ende jeden Tages hervorholen, wenn sie wegen der anstrengenden Arbeit an der Übersetzung erschöpft war.

Sie ging nicht mehr aus, lehnte sämtliche Einladungen ab, aß wenig und empfing auch keine Freunde mehr. Newton war der Einzige, der Saint-Lamberts Platz füllen durfte. Ihre jahrelange Angewohnheit, sich dazu zu zwingen, wach zu bleiben, um noch ein bisschen zu lesen, kam ihr jetzt bei ihrer Arbeit zugute. Sie könnte es schaffen, mit der Übersetzung fertig zu werden; sämtliche Beispiele und Beweise, die sie in ihrem Kommentar anführte, mussten jedoch überprüft werden. Das wäre für sie allein bis zum September kaum zu schaffen, die Frist, die ihr das Schicksal gesetzt hatte.

Sie war davon überzeugt, dass Clairaut wusste, wie es um sie stand. Gerüchte machten schnell die Runde, und sie konnte sich nur zu gut vorstellen, wie die Frauen in den Salons über sie redeten. Ihre Schwangerschaft war lächerlich und äußerst peinlich. Doch für derlei Gefühle hatte sie jetzt keine Zeit, und sie beschloss, ihn um Hilfe zu bitten.

Von nun an fand Clairaut sich regelmäßig in der Rue Traversière ein, und ihre Tage nahmen einen festen Rhythmus an. Er kam nach der Mittagspause, und sie arbeiteten gemeinsam bis zum Abend.

Das Arbeitszimmer war voller Manuskriptseiten und Bücher; sämtliche Nachschlagewerke befanden sich in unmittelbarer Reichweite. An Tagen, an denen sie sich nicht wohlfühlte, schrieb sie im Bett, mit einer Menge Daunenkissen im Rücken. Ein Diener versorgte sie mit neuen Schreibfedern und Papier; Clairaut half ihr, wenn nötig, beim Nachschlagen.

Der Frühling war nach Paris gekommen. Alles war voller Leben. Sie bestellte frische Blumen vom Markt, füllte das Haus mit Farben, ließ die Tische mit Blüten und Obst schmücken. Voltaire war mit seiner Inszenierung beschäftigt, schaute aber jeden Tag bei ihr vorbei. Er war voller Sorge und Unruhe, befürchtete, dass sie sich zu sehr anstrengte. Außer ihm und Clairaut rückte die Welt in immer weitere Ferne. Sie hatte einen engen Kreis um sich gezogen und wollte keine guten Ratschläge mehr hören.

Wo würde sie gebären? Diese Frage durfte sie nicht länger hinausschieben. Am liebsten wäre es ihr gewesen, wenn sie in Lunéville gebären könnte. Sie musste Marie Catherine schreiben und ihr alles erzählen.

Marie Catherine,
ich bin schwanger, und Sie können sich vielleicht vorstellen, dass es mir schlecht geht und dass ich mir große Sorgen um meine Gesundheit und mein Leben mache. Ich fühle mich wie ein Idiot, weil ich als über Vierzigjährige nach siebzehn Jahren noch einmal gebären werde, und ich mache mir Sorgen um meine beiden Kinder. Ich möchte es ihnen noch nicht erzählen, habe Angst, für sie zu viel zu zerstören.
Wie Sie vielleicht verstehen, bin ich davon abhängig, dass Sie mir in meinem jetzigen Zustand helfen. Wäre es möglich, in Lunéville zu gebären, mit all den Umständen, die so etwas mit sich bringen würde? Vielleicht könnten Sie mit dem König darüber sprechen. Ich hoffe, bei Ihnen einen sicheren Ort zu finden, wo ich mein Kind zur Welt bringen darf. Eine Geburt hier in Paris wäre teuer, außerdem wäre es traurig, Sie nicht in der Nähe zu haben. Ich lege mein Schicksal in Ihre Hände.
Émilie

Nun hatte sie es endlich zu Papier gebracht. Es machte ihr Angst, es so schwarz auf weiß zu sehen. Nur wenn sie an der

Übersetzung arbeitete, gelang es ihr, ihre Furcht zu verdrängen.

In Lunéville würde sie mit großer Wahrscheinlichkeit Saint-Lambert bei der Geburt in ihrer Nähe haben. Außerdem würde sie konzentrierter arbeiten können, wenn sie endlich sicher wusste, wo sie niederkommen würde. Saint-Lambert hatte abgestritten, das Verhältnis zu Marie Catherine wiederaufgenommen zu haben. Émilie war sich zwar nicht sicher, dass er die Wahrheit sagte, doch sogar die ewig brennende Flamme der Eifersucht in ihr war schwächer geworden, flackerte kaum mehr, war beinahe erloschen. Marie Catherine war keine Rivalin mehr, im Gegenteil: Mit ihrer Hilfe würde sie Saint-Lambert wiedersehen können.

In dieser Zeit gab es für sie nur mehr zwei Dinge: die Wissenschaft und die Liebe. Wenn sie versuchte, nach vorne zu schauen, trafen die beiden an einem bestimmten Punkt aufeinander: im September. Es waren stille Tage. Außer Voltaire und Clairaut sah sie niemanden, und sie arbeitete, ohne nachzudenken. Der Mangel an Schlaf machte sie fast hellseherisch, sie befand sich gleichzeitig im Dämmerschlaf und in einem Zustand erhöhter Wachheit.

Sie erinnerte sich an den vergangenen Herbst. Leise raschelnd waren die Blätter der flammenroten Blätterranken vor ihrem Fenster gefallen, irgendwie noch so lebendig, voller Hoffnung, von der wärmenden Sonne behütet und beleuchtet. Alles fiel, unaufhörlich, von unsichtbaren Kräften gesteuert, als hätte Gottes Odem den Blättern sanft zugeflüstert, sich leise zur Ruhe zu begeben. Damals hatten ihre verliebten Augen den Verfall der Natur als eine Art Hoffnung gedeutet, ein Zeichen dessen, dass im Frühjahr alles wieder zum Leben erweckt würde. Das Fallen war nichts Endgültiges, der Prozess nichts Abgeschlossenes. Es gab eine Zukunft, neue

Möglichkeiten. Vor einem Jahr hatte sie diese Möglichkeiten verehrt, ja, sogar angebetet.

Es war Nachmittag; noch war die Dunkelheit nicht hereingebrochen. Émilie wartete auf eine Nachricht vom Hofe in Lunéville. Vielleicht würde Marie Catherine ihre Bitte ablehnen, sie war sich nicht sicher. Gewiss hatte Émilie sie mit ihren Lügen enttäuscht, doch sie hatte ihr Saint-Lambert niemals weggenommen. Sie ging ins Arbeitszimmer, bereit, noch einige Stunden dort über ihrem Manuskript zu verbringen.

Sie klingelte nach dem Diener und bat um eine Tasse Tee. Als sie sich an den Schreibtisch setzte, merkte sie, dass sie die Lichter anzünden musste. Sie erkundigte sich, ob etwas mit der Post gekommen sei, und war enttäuscht, als der Diener verneinte.

Sie arbeitete die ganze Nacht hindurch, schlief einige Stunden gegen Morgen, stand auf und machte weiter. Als der Kaffee gegen drei Uhr nachmittags serviert wurde, fühlte sich ihr Körper wie Blei an. Der Diener berichtete, dass am Morgen ein Brief gekommen sei. Man habe sie nicht stören wollen, da sie so beschäftigt gewesen sei.

Émilie reagierte verärgert und wies den Diener an, ihr den Brief sofort zu bringen. Dieser nickte, verschwand und kam kurz darauf wieder angelaufen, mit dem Brief auf einem silbernen Tablett. Émilie nahm ihn an sich und riss ungeduldig den Umschlag aus dickem, perlweißem Papier auf.

Sie sei auf Lunéville willkommen, so der Brief. Man würde sie empfangen, ihr eine sichere und angenehme Geburt garantieren. Natürlich müsse sie nicht alleine in Paris gebären.

Auf einmal bekam sie Hunger, und sie bat den Diener, das Abendessen zeitig zu servieren. Voltaire würde sich über die Antwort genauso freuen wie sie; es wäre für alle die beste Lösung. Und Saint-Lambert würde sein Kind zu sehen bekommen.

Sie war ihm seit vielen Jahren nicht mehr begegnet, wollte ihn aber wiedersehen, bevor sie Paris verließ.

Der Heldenstatus, den Maupertuis erlangt hatte, als er von der ruhmreichen Expedition nach Lappland zurückgekehrt war, haftete ihm immer noch an. Vor zehn Jahren war er mit handfesten Beweisen und Kenntnissen über Eis und Breitengrade nach Frankreich zurückgekehrt, war in einem mit Rentierfell umsäumten Ledermantel oder mit einer Pelzmütze auf dem Kopf in den Salons erschienen. Das hatte ihm mehr Aufmerksamkeit beschert als die Messungen, die er durchgeführt hatte. Diese hatten gezeigt, dass die Erde keine perfekte Kugel war.

Kurz nach der Expedition hatte er Voltaire und sie einmal auf Cirey besucht; seitdem hatte Émilie ihn nicht mehr gesehen. Er hatte einen Sitz in der Akademie der Wissenschaften, und seitdem er zum Präsidenten der Preußischen Akademie der Wissenschaften in Berlin ernannt worden war, war er oft im Ausland unterwegs.

Sie rechnete nicht damit, dass der viel umworbene Forscher Zeit hätte, zu ihr zu kommen, schrieb ihm aber trotzdem. Sie bat ihn, sie in Kürze aufzusuchen, bevor aus dem Frühjahr Sommer geworden sei. Sie wolle ihn treffen, um Neues aus Berlin zu erfahren, und außerdem den Mann wiedersehen, der sie damals mit seinen Kenntnissen herausgefordert habe.

Er kam zum Mittagessen. Es war ein schöner Tag. Émilie ließ für sie beide einen Tisch im Wintergarten decken, in dem die Blumen jetzt üppig blühten. Auf den niedrigen Tischen standen Rosensträuße. Ihr Duft war so intensiv, dass sie die Diener bitten musste, die Rosen hinauszutragen.

Ihr war warm, und es fiel ihr mittlerweile schwer, sich zu bewegen. Doch sie wollte ihm zeigen, woran sie arbeitete, er würde es verstehen. Er wusste, dass sie ein Kind erwartete, aber sie war ihm dankbar, dass er es nicht erwähnte.

Nach dem Essen nahm sie ihn mit in ihr Arbeitszimmer. Er setzte sich an den Schreibtisch und begann, in den Papieren, die sie zu Stapeln geordnet hatte, zu blättern. Erstaunt drehte er sich um und schaute sie an, blätterte dann weiter, ohne etwas zu sagen. Das hier hatte er nicht erwartet. Er hatte Gerüchte gehört, dass sie sich zurückgezogen hätte, um Newtons Hauptwerk zu übersetzen, aber nicht recht gewusst, was er davon halten sollte. Jetzt konnte er sich selbst davon überzeugen.

Sie gingen in den Wintergarten zurück.

»Was reden die Leute über mich in den Salons, in denen Sie verkehren?«, wollte Émilie wissen.

»Die Leute reden über Ihren Zustand, dass er geradezu absurd sei. Sie sollten sich aber davon nicht beeindrucken lassen.«

»Wozu raten Sie mir?«

»Sie haben es selbst gesagt: Wenn Sie die berechtigte Hoffnung hegen dürfen, die ›Principia‹ vollständig zu übersetzen, dürfen Sie keinen einzigen Tag mehr verlieren. Lassen Sie sich von nichts und niemandem beirren!«

Mit diesen Worten besiegelte er den Auftrag, den sie zwar bereits übernommen hatte, dem sie sich aber jetzt auf gewisse Weise noch einmal neu verpflichtete.

Als Maupertuis sich verabschiedete, nahm er die Welt mit sich. Émilie war müde geworden. Er hatte versprochen, ihr zu helfen, sich um den Druck zu kümmern, falls Voltaire und sie es nicht alleine schafften. Sie öffnete die Fenster und blieb eine Weile in der schwülen Abendluft stehen. Newton – das war das Einzige, was ihr jetzt blieb. Sie musste sich nur mehr auf diese eine Aufgabe konzentrieren.

Sie hatte an diesem Abend weiterarbeiten wollen, aber ein plötzlicher Schmerz in ihrem Bauch zwang sie, diesen Gedanken zu verwerfen. Sie hatte keine Kraft mehr und ging zu Bett. Allmählich ließen die Vorwehen wieder nach.

Die Hitze in Paris war unerträglich. Jeder vernünftige Mensch war aufs Land gefahren. Das passte Émilie ausgezeichnet, denn die Arbeit war umfangreicher und nahm mehr Zeit in Anspruch, als sie zuerst gedacht hatte, obwohl Clairaut täglich bei ihr in der Rue Traversière erschien. Sie steigerte ihre Arbeitsleistung. Wenn sie das sofort nach ihrer Ankunft in Paris getan hätte, hätte sie schon fertig sein können. Es ärgerte sie, dass sie kostbare Zeit verschwendet hatte. Sie stand um neun Uhr auf, ab und zu um acht, arbeitete bis drei Uhr nachmittags, dann trank sie Kaffee, nahm ihre Arbeit um vier wieder auf, um bis zehn zu arbeiten, aß eine Kleinigkeit, danach diskutierte sie bis Mitternacht ihre Arbeit mit Voltaire. Bis fünf Uhr morgens hielt sie durch, dann fiel sie ins Bett, um drei bis vier Stunden Schlaf zu bekommen. Sie sah sonst niemanden und hatte für sich selbst ein Gesetz verabschiedet, das ihr verbot, auszugehen. So war ihr Leben geworden, und sie war damit zufrieden.

König Stanislaus hatte die Sommersaison eröffnet. Im Juli verweilte der Hof wie gewöhnlich in Commercy, und Émilie hoffte darauf, dass der König es wie im letzten Jahr so einrichten würde, dass Saint-Lambert beim Pfarrer wohnte. Es war schließlich geklärt worden, dass er nicht den ganzen Sommer über in der Garnison bleiben musste. Welch unerwartete Freude! Sie wusste, wie unrealistisch ihre Pläne und Hoffnungen waren, die sie einst für die Zukunft gehabt hatte, gerade jetzt, da die Zeit der Niederkunft näherrückte. Alles, was ihr blieb, war, ein wenig zu träumen.

Sie hatte vorgehabt, im Mai die Stadt zu verlassen, doch

sie war noch nicht fertig und musste die Abreise verschieben. Voltaire machte sich Sorgen, hätte es am liebsten gesehen, wenn sie so schnell wie möglich aufgebrochen wären, auf jeden Fall bevor sie riskierten, dass die Reise eine zu große Belastung für sie würde.

Marie Catherine hatte vorzeitig ihren Besuch bei Émilie angekündigt. Sie kam an einem der ersten Junitage. Sie wäre um diese Jahreszeit nicht nach Paris gekommen, hätte sie nicht endlich eine lang ersehnte Einladung nach Versailles erhalten. Es hatte sich herumgesprochen, dass Louis XV. ihr noch keine Audienz gewährt hatte, und es gab viele, die sich darüber wunderten, dass Stanislaus nicht darauf reagierte. Zu ihrem großen Glück war Marie Catherine in der letzten Runde von Einladungen, die der König vor dem Sommer ausgesprochen hatte, mit dabei. Die Tatsache, dass sie endlich eingeladen worden war, würde ihren Status erheblich verbessern; sie hatte Émilie schon immer um ihre guten Beziehungen zum Hofe von Versailles beneidet.

Das Wiedersehen war herzlicher, als Émilie es für möglich gehalten hätte, und sie war erleichtert, als ihr klar wurde, dass sie über den Mann, den sie teilten, endlich offen reden konnte. Marie Catherine kannte die Geschichte, das wusste Émilie, sie hatten aber bisher noch keine Gelegenheit gefunden, darüber zu sprechen.

»Am Donnerstag kam die Post, wie immer, aber ohne einen Brief von Saint-Lambert. Ich höre fast nichts mehr von ihm«, klagte Émilie.

»Der Friede hat viel Unsicherheit mit sich gebracht, und ich weiß, dass er sich um Sie Sorgen macht«, versuchte Marie Catherine sie zu beruhigen.

»Aber nie ein einziges Wort; es bedarf nicht viel Zeit, eine Seite zu füllen.«

»Er schätzt Sie sehr, das hat er mir selbst gesagt.«

»Gerade daran habe ich in letzter Zeit gezweifelt.«

»Er wollte am liebsten so bald wie möglich die Garnison verlassen, obwohl es zuerst so aussah, als würde er den Sommer über dortbleiben müssen. Mittlerweile hat sich aber alles geklärt. Er kann in Lunéville sein, wenn Sie gebären.«

»Ich wünschte, ich würde ihn weniger lieben, aber ich schaffe es einfach nicht.«

»Ich beneide Sie um diese Fähigkeit, so zu lieben. Erinnern Sie sich noch an den Tag nach dem Maskenball, als ich krank wurde? Ich sah Ihre Liebe in jeder Bewegung, hörte sie in jedem Wort.«

»Ich schäme mich so, dass ich Sie hintergangen habe und dass ich versucht habe, alles geheim zu halten.«

Solange sie hier saßen und über ihn redeten, tat es kaum weh. Émilie war erleichtert. Sie hatte nichts mehr zu verlieren, hatte die Karten, die sie in der Hand gehabt hatte, offen auf den Tisch gelegt. Jetzt kam die letzte Runde. Sie war nicht länger die Einzige, die den Ausgang des Ganzen bestimmte.

Émilie erfuhr, dass sie in der Wohnung der verstorbenen Königin wohnen würde. Diese war renoviert worden und stand für die Geburt bereit. Alles war geregelt, der König war glücklich, helfen zu können. Marie Catherine freute sich darauf, sie empfangen zu dürfen. Wie zwei gute Freundinnen küssten sie sich zum Abschied.

Sie näherte sich einem kritischen Punkt: Sie musste sich entscheiden, entweder die Übersetzung der ›Principia‹ fertigzustellen und dabei eine zu späte Abreise zu riskieren oder den letzten Teil der Arbeit mitzunehmen und rechtzeitig am Hofe anzukommen. In dem Fall hoffte sie darauf, dass ihr Zeit bliebe, nach der Geburt alles abzuschließen.

Ein Tag reihte sich an den nächsten, und jeder von ihnen

sah gleich aus; nur noch *einen* Tag, sagte sie Morgen für Morgen, dann wäre sie fertig. Sogar Saint-Lambert hatte sie gefragt, ob sie nicht bald fahren wolle. Wie hatte sie sich einst danach gesehnt, dass er sie bitten würde zu kommen. Jetzt ärgerte sie sich nur darüber, dass man sie drängte. Immer wieder gab es Dinge, die nachgerechnet, durchgelesen und kontrolliert werden mussten. Es ging ihr den Umständen entsprechend gut, wenngleich sie Schmerzen im Kreuz und in den Nieren hatte.

Paris war menschenleer. Sie, Voltaire und Clairaut waren die Einzigen, die dort ausharrten, so schien es jedenfalls. Die beiden Männer wurden von Tag zu Tag nervöser; es sei riskant, die Reise noch länger hinauszuschieben, meinten sie. Eines Tages sagte Clairaut, dass er sie lieber nach Lunéville begleite, als dass sie in ihrem Zustand noch länger in diesen heißen, stickigen Räumen verweile. Sie sah ein, dass die Zeit gekommen war.

Die angespannte Stimmung um sie herum hatte sie schon seit Langem gespürt. Die Diener waren unruhig und warteten auf die Anweisung, Vorbereitungen für ihre Abreise zu treffen. Jetzt schien auf einmal das ganze Haus wieder zum Leben zu erwachen. Sie wollte fahren! Kleidung, Papiere, Bücher und alles andere, was sie vielleicht gebrauchen könnte, wurde in großen Koffern verpackt und im Wagen verstaut. Der Tag war sehr heiß für eine Reise, ihr war schon so warm genug und sie hatte leichtes Fieber bekommen. Schließlich verschnaufte sie eine Weile in der Küche, wo es recht kühl war, da sich der Raum im Keller befand und an diesem Tag nicht gekocht wurde.

Sie setzte sich schwerfällig auf einen Schemel. Sie war allein in der Küche. Sie betete zu Gott, dass er ihr helfen möge. Auf dem Boden, neben ihrem Stuhl, stand ein einzelner

Kessel. Er war grau und matt, völlig ohne Glanz. Sie nahm ein Tuch und ein wenig Sand aus einem Krug neben der Feuerstelle und begann ihn zu polieren. Bald erstrahlte der Kessel in neuem Glanz. Es gab im ganzen Raum keinen so leuchtenden Gegenstand; der Kessel reflektierte das wenige an Tageslicht, das durch die kleinen Öffnungen oben an einer der Wände hereinsickerte. Als sie sich jäh erhob, wurde ihr plötzlich schwarz vor Augen, und sie musste sich wieder setzen.

Draußen wurde sie von der Sonne geblendet, die den Hof in gleißendes weißes Licht tauchte; blinzelnd ging sie zum Wagen. Die anderen kamen herbeigelaufen. Nein, nein, es sei alles in Ordnung mit ihr. Sie setzte sich in die Kutsche, um dort zu warten, bis alles bereit wäre.

»Vergessen Sie das schwarze Lederetui und das kleine Kästchen nicht«, rief sie Voltaire zu. Das Etui war ein Geschenk von Voltaire, das er ihr zu Beginn ihres Aufenthalts auf Cirey gemacht hatte; es enthielt eine Reihe vergoldeter mathematischer Instrumente. In dem Kästchen, das sie von ihrem Vater bekommen hatte, befanden sich kleine Gewichte, die sie aus dem Labor in Cirey mitgenommen hatte.

Auf der Fahrt wurde es sehr heiß. Je näher sie ihrem Ziel kamen, umso mehr stieg die Temperatur an. Émilie schmerzte der Rücken. Sie versuchte, eine bequeme Position zu finden, aber das war fast unmöglich; wenn sie sich nach hinten lehnte, wurde sie vom Schütteln des Rückenpolsters wieder nach vorne geworfen. Sie machte sich Sorgen, dass das dem Kind nicht gut bekäme. Voltaire legte beruhigend eine Hand auf ihre Stirn und wischte ihr mit einem Tuch den Schweiß von Gesicht und Hals. Als sie die Allee erreichten, die zum Schloss hinaufführte, war sie einer Ohnmacht nahe.

Die Mathematik war eine Sprache, die demjenigen, der erst einmal den Weg zu ihr gefunden hatte, neue Welten eröffnete. Die Logik war die Grammatik und das Muster, das Émilie benötigte, um im mathematischen Universum weiter vorzudringen. Demjenigen, der die Schönheit der Mathematik nicht sah, blieb diese Welt verschlossen. Für sie war ein mathematischer Beweis mit Schönheit und Wahrheit verbunden. Es gab klare Linien, wie bei einem Bauwerk, bei dem sich alle Teile harmonisch ineinanderfügten. Gott wurde darin sichtbar.

Endlich konnte sie eine Passage, die sie bis jetzt in ihrer Übersetzung ausgelassen hatte, abschließen. Diese hatte sie viel Mühe gekostet, war so verworren und undurchdringlich gewesen, dass sie nicht mehr daran geglaubt hatte, sie jemals verstehen zu können. Doch die Gleichung, über der sie schon so lange grübelte, hatte sich ihr plötzlich erschlossen. Auf einmal erkannte sie die Zusammenhänge. Sie tauchte die Schreibfeder in die schwarze Tinte. In ihren privaten Briefen benutzte sie blaue Tinte, aber für die Wissenschaft war Schwarz auf Weiß genau das Richtige.

Als sie das letzte Mal hier gewesen war, vor einem Jahr erst, war alles, was sie gesehen, gedacht und getan hatte, ein Anfang gewesen. Alles war so neu und frisch. Jetzt kam sie sich alt vor. Ihre Vorahnungen waren schwer zu ertragen. Sie hatte das Gefühl, als wäre für sie der Weg hier zu Ende. Manchmal ergriff sie Angst, doch meistens schaffte sie es, sie mit der Arbeit in Schach zu halten. Der Hof des Königs war ein Ort voller Freude und Fröhlichkeit gewesen. Nun hatte der König aus Rücksicht auf sie die Zahl der Feste eingeschränkt. Alle wussten, wie es um sie stand. Voltaire und sie durften so lange bleiben, wie sie es wünschten. Auch Florent wurde am Hofe erwartet, um ihr in der schwierigen Zeit, die vor ihr lag, beizustehen. Um sie herum waren alle sehr umsichtig, immer darum bemüht, dass es ihr gut ging. Nur selten durfte sie mit Saint-Lambert allein sein. Er entglitt ihr mehr und mehr, geriet wegen der vielen anderen Menschen immer weiter in den Hintergrund. Sie hielt Ausschau nach kleinen Zeichen von ihm, die nur für sie bestimmt waren, aber vergeblich.

Saint-Lambert würde für ein paar Tage verreisen. Er hatte einige Dinge zu regeln, die die Herausgabe seiner Gedichte betrafen. Émilie blickte zu ihm auf; er war so jung, sie liebte ihn noch immer. Durch ihn hatte sie erfahren, dass es etwas gab, was über ihren Willen bestimmte.

Sie bat ihn nicht zu bleiben, wollte von der Minute seiner Abreise an ohne Unterbrechung an der Übersetzung arbeiten. Es wurde ein leiser Abschied.

Am nächsten Morgen erhöhte sie tatsächlich das Tempo und schien nicht müde zu werden. Saint-Lambert hatte berichtet, dass ein Wissenschaftler der Akademie ebenfalls damit beschäftigt sei, Newton zu übersetzen. Er habe viel Geld dafür bekommen. Émilie wusste aber, dass ihm die nötigen Fähigkeiten dazu fehlten. Von diesem Mann hatte sie nichts zu befürchten, trotzdem spornte er sie ohne es zu wissen an. Niemand würde übersehen können, was sie geleistet hatte.

Sie verbrachte eine weitere schlaflose Nacht. Émilie saß am Schreibtisch, der von Kerzenlicht erhellt wurde. Der letzte Stoß mit dem Papier, das sie am liebsten benutzte, lag bereit. Sie glaubte, dass es reichen würde, sonst müsste Voltaire noch mehr beschaffen. Er bat sie, sich nicht so zu verausgaben, gleichzeitig wollte er aber auch, dass sie es schaffte. Er half ihr, wo er nur konnte. Clairaut war ebenfalls unentbehrlich, immer zur Stelle, wenn er gebraucht wurde. Er ging alles noch einmal durch und korrigierte das Manuskript. Was hätte ihr Vater gesagt, wenn er sie jetzt hätte sehen können?

Die starken Schmerzen im Rücken zwangen sie, sich hinzulegen. Kalter Schweiß stand ihr auf der Stirn, und sie fror. Trotzdem zwang sie sich, weiterzumachen. Sie schaute nicht auf, sondern schüttelte nur den Kopf, als Voltaire ihr ein Glas Wasser reichen wollte. Von Kissen gestützt saß sie in ihrem Bett und füllte einen Bogen nach dem anderen mit den letzten Zeilen aus Newtons Werk. Sie arbeitete mehrere Stunden ohne Unterbrechung und hatte das Gefühl, ihre letzten Kräfte zu verbrauchen. Der Geburt widmete sie keinen einzigen Gedanken.

Mit etwas Mühe schaffte sie es, wieder aufzustehen, um sich den Nachthimmel anzuschauen, der einem Teppich aus dunklem, weichem Samt glich. Bald würde sie mit Voltaire über die Zukunft reden müssen, aber gerade jetzt gab es keine Zukunft. Sie hatte ihren Platz gefunden. Für alles andere wäre später Zeit. Zitternd vor Kälte setzte sie sich an den Schreibtisch.

Sie war erschöpft, aber sie wollte es nicht zeigen, wollte den anderen keinen Grund geben, sie an ihrer Arbeit zu hindern, und Voltaire nicht beunruhigen. Sie schaffte es kaum noch, am Schreibtisch aufrecht zu sitzen, doch sie musste ihre Arbeit zu Ende bringen.

Erst gegen Morgen, als die Dämmerung langsam dem Tageslicht wich, richtete sie sich auf. Sie schaute auf die flache Landschaft der Lorraine hinaus und legte die Schreibfeder vorsichtig neben das Tintenfass. Ihre Finger waren voller schwarzer Tintenkleckse. Sie klingelte nach einem Dienstboten und bat ihn, Voltaire zu holen.

Er trat ein, und sie nickte ihm zu. Es war vollbracht. Sie nahm eine neue Feder, schrieb hastig einen kurzen Brief, den sie oben auf den Manuskriptstoß legte, und packte mit schnellen Bewegungen alles in braunes Papier, das sie schon bereitgelegt hatte. Voltaire half ihr, die Kordel festzubinden. Clairaut hätte das, was sie in dieser Nacht geschrieben hatte, noch einmal durchlesen müssen, doch dafür war jetzt keine Zeit mehr.

September 1749
An die Königliche Bibliothek zu Paris
Zu Händen Monsieur Claude Sallier

Ich nehme mir die Freiheit, die Sie mir zugestanden haben, und lege ein Manuskript in Ihre Hände; es ist mir von größter Wichtigkeit, es Ihnen zu hinterlassen. Ich hoffe, dass Sie mir diesen Dienst erweisen und dass die Niederkunft, die ich jeden Augenblick erwarte, nicht so schlimm wird, wie ich befürchte. Ich möchte Sie bitten, dem Manuskript eine Nummer zu geben und es registrieren zu lassen, damit es nicht verloren geht.
Voltaire, der hier bei mir ist, sendet seine besten Wünsche, und ich versichere Sie wiederholt meiner Hochachtung, die mich für immer zu Ihrer untertänigsten und gehorsamsten Dienerin macht.

Émilie Breteuil du Châtelet

Die Geburt zog eine scharfe, wenngleich unsichtbare Grenze zwischen zwei Leben. Émilie und das kleine Mädchen hatten sich getrennt, doch die Sorge, die sie wegen des Kindes, das sie zur Welt gebracht hatte, spürte, war noch immer eine schwere Last.

Sie erwachte im Morgengrauen, ohne die Augen zu öffnen, wusste aber, dass jemand im Raum war. Voltaire saß neben dem Bett auf einem Stuhl, den er am Abend zuvor aus dem Arbeitszimmer geholt und in die Schlafkammer gestellt hatte. Es war für Émilie besonders tröstlich, ihn dort zu wissen. Er hatte sie nicht verlassen, obwohl sie ihm im vergangenen Jahr wenig Grund zum Bleiben gegeben hatte. Sie richtete sich ein wenig auf, sodass er merkte, dass sie wach war. Er lächelte. Im Bett liegend, gegen die weißen Laken, wirkte sie besonders blass und zerbrechlich, als wäre mit den Kräften, die sie hatte aufbringen müssen, alle Farbe aus ihrem Körper gewichen.

Ihre Reserven schienen verbraucht, der Körper leer. Ob sie es jemals schaffen würde, wieder aufzustehen? Sie konnte es sich kaum vorstellen. Als sie sich aufzurichten versuchte, kostete es sie so viel Kraft, dass sie unendlich müde in die Kissen zurücksank.

Voltaire hatte einige Bögen Papier im Schoß, es sah aus, als läse er Korrektur.

»Was tun Sie? Darf ich sehen, was Sie da haben?«, fragte Émilie.

»Nein, damit müssen Sie noch warten. Sie sind zu erschöpft. Sie dürfen jetzt nicht mehr arbeiten, auch nicht lesen oder schreiben.«

In ihrem Zustand durfte sie auch noch keine Besuche empfangen, und man schirmte sie, so gut es ging, vom Hofleben ab. Voltaire richtete Grüße vom König und von Marie Catherine aus, die sich beide darüber freuten, dass die Geburt gut verlaufen war und Mutter und Kind sich bester Gesundheit erfreuten. Florent würde kommen, sobald sie ihm eine Nachricht zukommen ließ. Er gratuliere ihr und bitte darum, das Kind sehen zu dürfen. Und Saint-Lambert? Als die Wehen eingesetzt hatten, war er sofort benachrichtigt worden, er hatte sich aber noch nicht gemeldet.

Das Mädchen lag im Zimmer nebenan, und Émilie wollte es gern bei sich haben. Die Amme brachte ihr die Kleine, ein schönes Kind mit fein geschwungenen Lippen und dichtem, dunklem Haar, glatt wie Seide. Sie hatte sich ins Leben gekämpft und musste sich jetzt anstrengen, um dort einen sicheren Platz zu finden. Das Köpfchen war so klein, sie selbst so winzig. Émilie hielt sie behutsam in ihren Armen, hatte das Gefühl, als schaute das Kind sie direkt an, als hielte es ihren Blick fest. Sie konnte sich nicht daran erinnern, dass ihre anderen Kinder das getan hatten. Ob sie schon Nahrung zu sich genommen habe? Die Amme schüttelte bedauernd den Kopf. Als sie bemerkte, wie erschöpft Émilie war, nahm sie ihr das Kind wieder ab.

Der Tag verging, Mutter und Tochter ruhten sich aus. Am späten Nachmittag bekam das Mädchen leichtes Fieber. Man machte ihr kalte Umschläge und hoffte, dass es von selbst nachlassen würde; der Hofarzt wurde nicht gerufen.

Gegen Abend meldete die Amme, dass die Kleine immer noch nicht trinken wolle. Auch habe es den Anschein, als müsse sie kämpfen, um Luft in ihre kleinen Lungen zu bekommen. Würde sie durchkommen? Schließlich wurde die

Kleine wieder ruhiger und schlief ein, doch die Sorge ließ Émilie nicht los. Sie fühlte sich erhitzt, sicher eine Nachwirkung der großen Anstrengung. Vielleicht war auch das Feuer im Kamin schuld daran, denn eigentlich waren die Septembertage noch warm genug.

In der Nacht lag die Tochter ruhig in ihrem kleinen Bett aus blütenweißen Laken. Émilie hatte darauf gedrängt, dass das Bettchen zu ihr hereingebracht wurde; sie wollte das Kind in der ersten Nacht bei sich haben. Die Amme willigte ein, wenngleich es ihre Arbeit eher erschwerte, da sie versuchte, die Kleine so oft wie möglich zu füttern. Das Kind lag ruhig da, mit einem stillen Ernst in den Augen. Die Ruhe, die von ihrer Tochter ausging, tat Émilie gut. Sie hatten beide ihre Schuldigkeit getan, der Rest lag nun in Gottes Hand.

Am nächsten Morgen erwachte Émilie sehr früh mit einem seltsamen Gefühl, wie eine Vorahnung oder Befürchtung. Der Tag war klar und herbstlich. Die Sonne warf ein schwaches Licht in den Raum, und Émilie trank eine Tasse mit glühend heißer Bouillon, die Voltaire ihr gebracht hatte. Danach fühlte sie sich besser. Sie begannen über Émilies Arbeit zu diskutieren, doch Voltaire befürchtete, dass sie sich mit der Übersetzung zu sehr verausgabt hatte, und bestand darauf, dass sie sich ausruhen müsse.

Sie ruhte, und als sie wieder aufwachte, war Saint-Lambert an ihrer Seite. Er nahm ihre Hände in die seinen und küsste sie von beiden Seiten. Seine Lippen hinterließen kühle Spuren auf ihrer warmen Haut. Er war der Einzige, der ihre Sorgen vertreiben konnte. Jetzt durften sie alles vergessen, zusammen sein, so wie früher. Warum sagte er nicht das, was sie hören wollte?

Sie stand auf, um sich gemeinsam mit ihm ihr Kind anzusehen. Saint-Lambert wollte in den Park hinaus, die Luft hier drinnen sei ihm zu stickig, sagte er. Sie begleitete ihn, obwohl sie wusste, dass sie im Bett bleiben sollte. Er begriff anscheinend nicht, was sie durchgemacht hatte, wie schwach sie war. Voltaire aber war nicht da, um auf sie aufzupassen.

Als Saint-Lambert sie fragte, ob ihr kalt sei, schüttelte sie den Kopf. Trotzdem legte er seine Jacke um ihre Schultern, da er sah, dass sie zitterte. Sie unterhielten sich kaum. Er drückte sie an sich, während sie denselben Pfad einschlugen, den sie schon vor anderthalb Jahren gemeinsam gegangen waren.

Der Spaziergang, die frische, klare Septemberluft würden ihr sicher guttun, dachte sie noch, schaffte es aber kaum, ein paar Schritte mit ihm zu gehen, bevor sie umkehren und ins Bett zurückkehren musste. Sie brauchte Ruhe.

In der fünften Nacht nach der Geburt schliefen weder Mutter noch Kind gut. Émilie war unruhig, sie hatte Fieber. Als sie ins Zimmer ihrer Tochter trat, lag die Kleine reglos da und starrte vor sich hin, als gehöre sie nicht in diese Welt. Émilie streichelte ihre Wange, spürte die Körperwärme, das klopfende Herz.

Alles war ruhig, das Schloss schlief, sie konnte nichts tun. Morgen wäre wieder ein neuer Tag. Sie ging an den Schreibtisch, zündete mehrere Kerzen an, wollte einen Brief schreiben – wollte so tun, als spürte sie nicht, was kommen würde.

Sie hatte schrecklichen Durst, sie brauchte unbedingt etwas zu trinken. Sie hatte niemandem verraten, dass sich das Fieber festgesetzt hatte, hatte niemanden beunruhigen wollen. Jetzt spürte sie, wie es weiter anstieg, in ihrem Körper wütete, und sie schaffte es nicht mehr, den Brief zu schreiben, so sehr zitterten ihre Hände. Sie erhob sich steif, um wieder ins Bett zu gehen. Voltaire wäre böse geworden, wenn er gesehen hätte, wie sie hier herumwanderte, so schlecht wie es ihr jetzt ging. Sie schaffte es gerade noch, zurück ins Bett zu kriechen, fand aber keine bequeme Position. Ihr war, als schliefen ihre Gliedmaßen langsam ein.

Was, wenn der Tod nicht nur ein Zustand wäre, nicht bloß eine Tatsache oder ein Gefühl der Einsamkeit, sondern eine Person, die sie gekannt und geliebt hatte, die ihr auf der Schwelle entgegentreten würde, um sie abzuholen und auf die andere Seite hinüberzugeleiten?

Sie schloss die Augen, flüsterte ein Gebet und einen Namen. Noch einmal öffnete sie den Mund, es kamen aber keine Worte mehr. Mit geschlossenen Augen spürte sie, dass sie abgeholt wurde.

Die Amme, die sich um das Kind kümmerte, trat in Voltaires Zimmer, ohne anzuklopfen. Zuerst bemerkte er sie gar nicht. Er weinte, die Nachricht hatte ihn wie ein Schock getroffen. Er konnte es nicht glauben, es war so unerwartet gekommen. Émilie hatte so stark gewirkt.

Das ganze Schloss trauerte. Voltaire war untröstlich, verfluchte Saint-Lambert, der schuld daran sei, dass Émilie nicht mehr lebte. Das Ganze schien so sinnlos. Trotzdem begleitete er die Amme auf ihre Bitte hin zu dem Kind.

Die Amme wusste nicht, was sie noch tun konnte. Die Kleine war früh wach geworden, als hätte sie an diesem Morgen ihre Ruhe wiedergefunden; sie konnte ja nicht wissen, dass Émilie nicht mehr da war. Es schien, als hätte sie sich ausruhen wollen, als sammelte sie Kräfte. Die Amme hatte in der Küche etwas erledigen wollen, war der Meinung gewesen, die Kleine würde eine Weile alleine zurechtkommen. Das Gegenteil war der Fall gewesen. Das Kind war immer schwächer geworden, der Atem ging schwer. Jeder Anfall von Atemnot schien noch stärker als der vorangehende.

Mit verwirrtem Blick schaute das kleine Mädchen Voltaire an. Anscheinend hatte sie mit sich selbst genug zu tun, hatte instinktiv begriffen, dass sie atmen musste, Luft holen, damit das Herz noch einige Male schlagen konnte.

Jetzt begriff Voltaire, was ihm das Kind am Abend zuvor hatte mitteilen wollen. Es hatte schwer geatmet, ihn mit dunklen Augen, mit riesigen Pupillen angeschaut. Die Kleine hatte diese Welt verlassen wollen. Dabei hatte sie ihre kleinen Finger gegen den Hals gedrückt, als könnte ihr das das Atmen erleichtern.

Voltaire kannte dieses Kind nicht, es war nicht sein Blut, sondern Émilies. Es tat ihm leid, doch Émilies Tod hatte ihn in so tiefe Trauer gestürzt, dass ihm keine Kraft blieb, auch um das kleine Mädchen zu trauern. Dieses Kind hatte nicht darum gebeten, auf die Welt kommen zu dürfen, jetzt musste es sich wieder aus ihr hinauskämpfen.

Er blieb alleine bei ihr sitzen und legte seine Hand auf ihren Kopf. Das Mädchen atmete schwer ein und aus.

Er wusste hinterher nicht, wie viel Zeit vergangen war. Sie kämpfte tapfer, jeder Atemzug war für sie eine große Aufgabe. Und auch eine Gabe, nichts Selbstverständliches, was ihr noch einmal geschenkt würde. Voltaire schaute ihr in die Augen, streichelte das kleine, warme Köpfchen. Wie viel begriff sie? Der winzige Körper lebte noch. War es Instinkt, dass sie den Atem tief und hüstelnd einsog? Oder war es ihr Wille? Die Augen waren steif, die Pupillen groß. Auf einmal beruhigte sich alles. Kurze Zeit dachte er, dass es noch einmal gut gegangen war, der Atem gleichmäßiger floss. Doch dann war alles vorbei. Der letzte Atemzug kam nicht mehr heraus, er blieb in ihrem Inneren.

Nachwort

Voltaire reiste zusammen mit Florent nach Cirey, um nach Émilies Tod alles zu regeln. Am 23. September 1749 schreibt er an seinen Freund Argental: »Ich liebe Cirey. Ich kann Lunéville, wo ich sie verloren habe, nicht ertragen. (...) Die Orte, die sie mit Schönheit bedachte, sind mir lieb geworden. Ich habe keine Geliebte verloren, sondern die Hälfte meiner selbst, eine Seele, die für meine Seele erschaffen worden war, eine Freundin, die mich durch zwanzig Jahre hindurch begleitete und deren geistiger Geburt ich beiwohnen durfte.« (Theodore Besterman, ›Voltaire's correspondence‹)

In seiner Autobiographie schrieb Voltaire 1759: »Ich war damals des turbulenten Lebens in Paris überdrüssig, der schlechten Bücher, die mit dem Segen des Königs gedruckt wurden, der Auseinandersetzungen unter den Literaten. 1733 begegnete mir eine junge Frau, die wie ich dachte und die sich dafür entschied, auf dem Lande zu leben, um ihren Geist zu kultivieren, von den Tumulten der Welt weit entfernt.« (Voltaire, ›Mémoires pour servir à la vie de M. de Voltaire‹)

Im Oktober 1749 kommentiert das Magazin ›Nouvelles Littéraires‹ Émilies Tod wie folgt: »Madame du Châtelets Tod hat auf unserem Parnass viel Aufsehen erregt. Diese Frau, in vielen anderen Ländern so berühmt, hatte hier zu Hause mehr Kritiker als Verteidiger. Der wahre Charakter der Madame du Châtelet bestand darin, in allem extrem zu sein.«

Émilies Briefe erschienen 1958 in zwei Bänden unter dem Titel ›Les lettres de la Marquise du Châtelet‹, herausgegeben von Theodore Besterman. Neunundneunzig von Émilies Briefen an Saint-Lambert sind 1997 in ›Lettres d`amour au Marquis de Saint-Lambert‹ veröffentlicht worden. Von Saint-Lamberts Briefen an Émilie existieren nur noch zwei. Der Briefwechsel zwischen Émilie und Voltaire ist verloren gegangen.

Zwischen 1746 und 1747 schrieb Émilie ihren ›Discours sur le bonheur‹ (Rede vom Glück) nieder. Sie soll Saint-Lambert das Manuskript gegeben haben. Er ließ es nach ihrem Tod verbreiten. Dieses persönliche Werk darüber, was das Leben lebenswert macht, wurde 1779 zum ersten Mal veröffentlicht.

Das Schloss Cirey liegt am Fluss Blaise in der Champagne, in Cirey-sur-Blaise, 25 Meilen östlich von Paris. Noch zehn Meilen weiter östlich liegt Lunéville, in der Lorraine. Das Schloss Semur in der Bourgogne wurde 1734 von Florent du Châtelet verkauft und später in ein Krankenhaus umgewandelt.

Das Manuskript der französischen Übersetzung von Newtons ›Philosophiae Naturalis Principia Mathematica‹ aus dem Jahre 1687 wurde nach Émilies Tod zehn Jahre in der Königlichen Bibliothek in Paris aufbewahrt. 1759 wurde das Werk, bearbeitet und herausgegeben von Alexis-Claude Clairaut, veröffentlicht. Als das Buch herauskam, war der Kampf für Newton gewonnen. Im Vorwort fasst Voltaire den Streit zusammen und lobt Émilies Einsatz für die Aufklärung. Die Übersetzung ist noch immer die einzige vollständige französische Ausgabe von Newtons Werk und kam 1966 in neuer Ausgabe heraus (Blanchard).